CHV

Margriet de Moor
Die Verabredung

Roman

Aus dem Niederländischen von
Helga van Beuningen

Carl Hanser Verlag

Die Originalausgabe erschien 1999 unter dem Titel
Zee – Binnen bei Querido in Amsterdam.

3 4 5 6 04 03 02 01 00

ISBN 3-446-19881-4

Satz: Fotosatz Reinhard Amann, Aichstetten
Druck und Bindung:
Friedrich Pustet, Regensburg
Printed in Germany

»Denn, leben ist sehr gefährlich…«
J. Guimarães Rosa

Erster Teil

1

Nennen wir es mal die Geschichte einer Straße. Die Welt besteht wahrhaftig nicht nur aus Geschöpfen mit Augen und Händen, das weiß jeder, weshalb also sollte die Hauptfigur einer Geschichte nicht auch eine Straße sein können? Blind, taub, wie wir annehmen, und ansonsten mit ein paar Eigenschaften behaftet, die uns entgehen? Ja, warum nicht?

Es ist später Abend. Es regnet. Der Regen nieselt aufs Land, er fällt auf das Dorf und rückt dann zu dem Kreisel vor, an dem die Bebauung endet und die Straße in Richtung Meer beginnt, die nach einem guten Stück durch flaches Land ein wenig ansteigt, um am Strand von Ruigrokseslag zu enden. Erst gestern nacht ist auf dieser Straße ein Auto mit einem älteren Ehepaar verunglückt. Der Alarm ging kurz nach zwölf bei der Polizei ein. Sie wußten sofort, daß es ernst war. Ein Schreckensbild, nur allzuhäufig auf dieser Straße. Auch diese Opfer haben die Fahrt nicht überlebt. Die beiden kehrten von einem Verwandtenbesuch zurück, hatten aber nicht getrunken. Allerdings muß der alte Mann sehr schnell gefahren sein, wogegen auf dieser gut instand gehaltenen Straße ohne Hindernisse in Form von Bäumen nichts einzuwenden sein dürfte. Ganz in Anspruch genommen von seinem Gespräch, hat das Ehepaar in diesen letzten Augenblicken seines Lebens den Überblick verloren und plötzlich zu seiner Verwunderung einen Kleinlaster des Blumenzwiebelexporteurs de Wit auf sich zukommen sehen.

Sie fuhren auf der falschen Straßenseite.

Es gibt keine Erklärung. Niemand hier verfügt über ein vernünftiges Argument dafür, weshalb es hier, über das Jahr gesehen, durchschnittlich jeden zweiten Tag zu einem Zusammenstoß kommt, Leute von außerhalb, aber auch solche, die in dieser Gegend geboren und aufgewachsen sind. Jetzt ist es Frühling, April. Es ist aufgefallen, daß die Unfälle während *der Saison* an Anzahl und Schwere zunehmen, wenn die Straße eine Passage, ein Nerv aus flimmerndem Asphalt zwischen Kilometern und Kilometern Weiß-Blau-Rosa ist. Hyazinthengeometrie, von Natürlichkeit keine Spur mehr. Alle Theorien bezüglich des Lichts sind für ungültig erklärt worden: Du fährst in deinem Auto gemächlich von *Zee* nach *Binnen*, es ist Nacht, mondlos und wirklich stockdunkel. Ohne ein Fitzelchen Licht müßte die

Erde eine schwarze Masse sein, aber schau, von deinem Platz hinter der Windschutzscheibe stellst du fest, daß die Felder bis zum Horizont genau das geblieben sind, was sie am hellichten Tag auch schon waren. Seelenruhig, ja, farbige Konfigurationen. Du sinkst zurück. Deine Hände am Lenkrad kommen sich jetzt ein klein wenig zu gut vor für Mechanik und Technik. Eine wunderbare Ruhe hat sich deiner bemächtigt. Dein Fuß auf dem Gaspedal beginnt sich exakt mit dem Wunsch zu decken, dorthin zu kommen, wohin du unterwegs warst. Das ist doch nicht unsinnig, oder?

Natürlich sind an diesen irren Fahrten nicht die Blumen schuld. Auch im Sommer, im Winter und im Herbst schrecken die Leute hier von den Sirenen hoch. Und dann sind die Felder kahl oder mit Stroh abgedeckt. Manche behaupten, die Straße verleite ihre Opfer im Frühjahr, wenn sie von *Zee* zurückkehren, und in den übrigen drei Jahreszeiten bereits auf dem Hinweg. Daran ist tatsächlich etwas. Was aber läßt sich daraus schon schließen? Das ganze Jahr hindurch wollen die Leute einfach schnell noch mal raus. Sie entscheiden sich für die Oude Zeestraat, weil ihnen die zusagt. Das ist, pauschal zusammengefaßt, alles, sie haben keine dringende Verabredung. Die Kurven und parallel zur Straße laufenden Wassergräben, die Zufahrten zu den Blumenzwiebelbetrieben, die Aussicht, die, wie auch immer man sie betrachtet, doch zum größten Teil aus Himmel besteht, grau, hell oder schwarz, sind in niemandes Terminkalender notiert.

16. April

2

Später Abend. Noch immer Regen (nicht schlimm, Geniesel, allerdings etwas Wind). Und im Schein einer Laterne liegt ein kleines Ding auf dem Gehweg. Wieder so etwas, diesmal ein materieller Gegenstand, dem es ohne sichtbare Tatkraft und nun auch noch ohne nennenswerte Vorgeschichte gelingen wird, kaum merklich in dem anwesend zu sein, was wir als *gleich* bezeichnen. Was will das Ding? Eine Frau hat am Geldautomaten ihre Handtasche ausgepackt. Obwohl sie sich so gut wie sicher war, daß die Scheckkarte im Seitenfach ihres Portemonnaies steckte, mußte sie ihre Brieftasche, ihren Terminkalender, ihren Kamm und das Taschentuch herauskramen, um das Ding endlich zu finden, aha, es war in den zusammengefalteten Prospekt einer Parfümerie gerutscht! Ein Auto fuhr spritzend vorbei. Ihres wartete am Gehweg. Wie verständlich, dann schnell die Transaktion vorzunehmen, die Sachen zusammenzuraffen, und dann ein kleiner Spurt.

Wenn du deine Handtasche auf den Beifahrersitz wirfst, bist du sozusagen schon zu Hause. Du brauchst nur noch die Oude Zeestraat einzuschlagen, vor dem Dünenrand rechts abzubiegen und nach etwa fünfhundert Metern die Fassade des Hauses vor dir zu sehen. Ein kahles Gebäude aus grauem Stein, so baut man hier nun mal am liebsten. Unter der Lampe mit der Hausnummer und dem Namen könnte ebensogut *Be- und Entladen* stehen. Dennoch liegt hinter der Haustür eine warme Diele mit einem Spiegel gegenüber der Garderobe. Dahin gehst du, um mal wieder kurz das Bild der Frau zu begutachten, die dich vor dem Hintergrund aus Rückenfalten und Ärmeln aufmerksam betrachtet. Hals, Schultern, alles frontal. Blick nicht unwohlwollend: Schließlich weiß sie um sich herum eine aus zwei Etagen bestehende Wohnung, jeglichen Komfort, und daneben bestimmt noch eine riesige Trockenscheune für Blumenzwiebeln. Solche großen alten Häuser sind immer wahre Familienromane, mal von Drama überströmend, mal ein wenig banal ...

Währenddessen ist unter der Laterne neben dem Geldautomaten ein Büchlein liegengeblieben, das sich aus einer Handtasche hierher verirrt hat. Ein kleiner Kalender, so einer mit einem Kunststoffeinband und kleinen perforierten Dreiecken unten an jeder Seite, die tatsächlich bis zum heutigen Tag alle treu und brav abgerissen sind. Wenn niemand ihn aufhebt, wird sich alles, was in diesem Kalender notiert ist, heute nacht in eine weiche tintenschwarze Pfütze auflösen. Auf der Straße wird es immer stiller. Lediglich ein später Fußgänger überquert noch von der Seite her den Platz und kommt näher, offener Mantel, Gesicht den graphitgrauen Steinplatten zugekehrt.

3

Ja, er hebt ihn auf. Bleibt kurz stehen. Läßt schnell den Daumen über die Seiten gleiten. Was jetzt? Personalien sind nicht eingetragen. In einen Garten schmeißen? Da stößt er einen verdutzten Laut aus. Und als er die Nische des Geldautomaten (die sich geschützt und anständig anbietet) hinter sich läßt, steckt das Ding in seiner Manteltasche.

Dies ist keine Nacht wie andere Nächte. Nachdem seine Frau gegen elf ins Bett gegangen war, ist er zunächst noch kurze Zeit im Wohnzimmer sitzen geblieben, bevor er ihr folgte. Jetzt ist es ungefähr zwölf, und er geht die Straße entlang. In der Zwischenzeit hat er im Schlafzimmer vor sich hin gegähnt, zur Seite und wieder schräg nach unten geschaut. Seine Frau schlief.

Noor ist eine Frau, die ohne den leisesten Laut einschläft, aber manchmal, nach ungefähr einer Stunde, im Schlaf ein Gespräch beginnt. Er findet sie immer noch schön. Noors Schönheit, weiße Haut, dunkles Haar, das an der weißen Stirn und den weißen Schläfen üppig hervorspringt, ist im Laufe ihrer Ehe mitgewachsen. Er wird nicht ein Fältchen an ihrem Hals, keine noch so feine Linie unter ihren Augen wahrnehmen. Seine Verliebtheit von vor vierzehn Jahren schirmt sie vor seinem direkten Blick ab.

Warum sollten die Details deines Lebens sich nicht mal durch irgendeinen Zwischenfall ein wenig verschieben, so daß ein paar andere hervortreten? Ruhig, arglos, zwingend. Der Anfang einer variierenden Reihe? Versonnen blickte er auf das Gesicht seiner Frau, neben die er sich, davon ging sie aus, innerhalb der nächsten paar Minuten legen würde.

Die Nacht würde etwas anderes wollen, diese Nacht, die keine Nacht zu sein scheint, sondern eher der nüchterne, kühle Morgen des Tages, an dem man eine lange Reise antritt. Nur auf seiner Seite des Doppelbetts brannte noch Licht. Wenn er später an diese Stunde zurückdenken würde, würde es ihm so vorkommen, als habe der Raum auf eine unerklärliche Weise unbewohnt ausgesehen, irgendwelche beliebige Dinge an den Wänden und nirgendwo ein Kleidungsstück. Er drehte sich um, ging die Treppe hinunter und öffnete die Haustür. Vincent Lukas war ein Mann von vierzig Jahren, dem es im Leben nicht einfiele, seine Frau zu verlassen.

Er geht die Straße entlang. Blauer Gabardinemantel, nicht zugeknöpft, er trägt auch keinen Schal. Morgen früh wird er bestimmt rechtzeitig mit dem Auto in Utrecht sein, um im ersten Stock der Universitätshaustierklinik Hände und Arme bis zu den Ellbogen zu schrubben. Drei Tage pro Woche operiert er dort, an den beiden anderen Tagen hält er zu Hause Sprechstunde ab, in einem Anbau des Eckhauses mit schönen, hohen Fenstern und einem Garten mit einer Schaukel: Ihre Tochter ist zehn, die nette, gewitzte Sonja, die an zwei Tagen in der Woche ihr Frühstück vom Dienstmädchen, einer Portugiesin, vorgesetzt bekommt, weil ihre Mutter, also Noor, dann ab halb neun arbeitet. Das alles läuft schon seit Jahren so.

Schön, und wer kennt nicht dann und wann die Raserei, das, milde ausgedrückt, tödliche Selbstmitleid, weil unter das Allerwichtigste in deinem Leben rechtskräftig und auf Dauer ein Strich gezogen wurde? Wer ist sich insgeheim nicht absolut sicher, daß die wahre Begegnung noch kommt?

Ohne Ziel und Plan biegt er um eine Straßenecke.

Über seinem Kopf eine Wolke in Form einer imaginären Weltkarte. Vor seiner Nase ein über die Kreuzung rasendes Auto, Marke Volvo, Farbe Blaugrün, Kennzeichen DD-GD-83. Natürlich sind dies Berichte, aber versuch mal, sie zu entschlüsseln. Er sieht, daß auf dem Platz in kolossalem Umfang gebaut wird. Gerüste, Stege, Abdeckplanen und Masten lassen einen ohne weiteres an einen Klipper denken, der im sachten Wind vorbeigleitet. Er überquert den Platz, sein Blick richtet sich woandershin. Dann kommt der Moment, in dem er einen kleinen Kalender in der Hand hält, ihn betrachtet, schon wieder wegtun will, schon wieder wie ein Findelkind aussetzen will, als sein Blick rein zufällig auf einer der Seiten auf seinen eigenen Namen fällt. Wohlgemerkt!

17. April

4

Er liegt im Bett und liest, wirkt mit einemmal etwas fiebrig. Um ihn herum ist es warm und still. Nicht einfach still, sondern so, wie wenn man mit einem Schlag ins Wasser getaucht ist und merkt, daß dort in der Tiefe eine mächtige Art von Leben atmet und rauscht, ungeformt, das zwischen dir und all dem um dich herum nicht unterscheidet. *11.15 Zahnarzt*, liest er und blättert interessiert weiter. *Einkäufe siehe Freitag*. Er blättert zurück. *Strümpfe, Pille, Gardinenhaken*. Als er aufblickt, ist das Zimmer eine Palette ineinanderfließender Farben, sanft, angenehm, mit hier und da einer Kontur. Über die Decke läuft ein schwarzer Riß, am Wäscheschrank lehnt das Bügelbrett, daneben liegen seine Lederschlappen. Schon ein paarmal hat er gemeint, die Stimme seiner schlafenden Frau zu hören, die glasklar von diesem oder jenem zu reden begonnen hat.

Vincent ist vollkommen an ihre Konversationen gewöhnt. Am Ende ihrer Hochzeitsreise, in irgendeinem

Hotel zwischen braunroten Bergkämmen, hat sie ihn eines Nachts damit überrascht. Während er traumlos schlief, hörte er, daß dicht an seinem Ohr plötzlich eine Frage gestellt wurde.

»Ach ja?«

Deutlich, laut. Vincent drehte den Kopf zur Seite und spürte ihren Atem. »Ja«, sagte er zum Spaß zu der entzückenden jungen Frau, seiner, die noch keine Handbreit von ihm entfernt etwas erlebte, worüber sie offenbar mehr wissen wollte.

»Sind es denn mittlerweile nicht sehr viele?« (Sie)

»Ja, eine ganze Menge«, antwortete er amüsiert und gähnte, seine Müdigkeit schwoll wieder an, der Tag, den sie in einem von einem Erdbeben verwüsteten Dorf verbracht hatten, war eindeutig vorbei. Vorbei die Gassen mit den abgebröckelten Mauern, die Vögel im Efeu, ein humpelnder Hund. Und Noor, ein paar Schritte vor ihm, die sich in der lodernden Nachmittagssonne zu ihm umgedreht hatte und stirnrunzelnd fragte: »Was schaust du so?«

Wie bitte? Was er so schaute? Sie trug ein tief ausgeschnittenes Kleid und hatte sich wegen ihrer empfindlichen Haut eingecremt, er schaute, da sie schon fragte, auf die schräg nach oben gezogenen Ecken ihrer Sonnenbrille, die ihr Gesicht wie eine Katzenmaske bedeckte.

Eine Viertelstunde später, in der Kneipe an der Weggabelung, wo sie an der Theke ein Bier tranken, wollte sie wissen, woran er dachte.

»Na?«

Vincent kniff die Augen zusammen, wußte erst keine Antwort, sah dann einen Reklameballon zwischen den Bergen hervorkommen und über einem knallgelb blühenden Senffeld so hoch aufsteigen, daß das Fahrzeug durchsichtig wie eine Qualle im blauen Meer wurde, und sagte nach bestem Wissen und Gewissen: »An die Brüder Montgolfier.«

Sie nickte und folgte seinem Blick. Noor war ein begieriges, neugieriges Mädchen, das sich bislang für alles interessiert hatte, was auf ihrem Weg auftauchte. Mancher Dinge wurde sie dann überdrüssig, anderer dagegen überhaupt nicht.

Als sie zwei Tage darauf im Auto nach Hause fuhren, fand sie Spaß daran, das Gespräch auf ihrer beider Jugendlieben zu bringen. Es war Abend, Vincent starrte schon fast zehn Stunden ununterbrochen durch die Windschutzscheibe. Trotz seiner Müdigkeit berichtete er Noor bereitwillig von dem vierzehnjährigen Kind, es kann auch *wegen* seiner Müdigkeit gewesen sein, das eines Nachmittags in der Tierambulanz angerufen hatte. Eine Taube sei auf dem Balkon mit dem Kopf in einem Spalt des Lattenrosts steckengeblieben, sie habe ein Maiskorn aufpicken wollen, und dann das! Das Mädchen war ihm zu dem beklemmenden Ort vorausgeeilt. Einen Moment lang sah der achtzehnjährige Student, der sich zweimal in der Woche in der Tierambulanz etwas dazuverdiente, in der Tat recht erstaunt auf den atmenden, kopflosen Federleib. Dann schob er ihn mit zwei Händen ziemlich schnell an den Rand des Lattenrosts, und alles war halb so schlimm, der blutige Hals richtete sich bereits wieder auf, in einer Woche, hatte er aus einem Impuls heraus gesagt, komme ich mal ...

Er schwieg.

»Was ist?« fragte Noor.

Sie waren an Köln vorbei, Vincent war plötzlich vom Gas gegangen, auf dem Randstreifen war in der Dunkelheit ein Mann aufgetaucht, der den Arm hob. Noor hatte es wirklich köstlich gefunden, ein Schwein von einem Kerl, schwer schnarchend, bis Arnheim mitzunehmen, wo er grußlos das Auto verließ.

Es steht außer Zweifel, daß das häusliche Leben Vincent im folgenden gefiel. Und warum sollte er die Kleinigkeiten, die es natürlich immer gibt, nicht hinnehmen? Einmal kam er gegen sechs von der Arbeit nach Hause. Als er die hintere Haustür öffnete, fiel ihm ein, daß er und Noor an diesem Abend bei Freunden eingeladen waren. Unten brannte kaum Licht, doch im Wohnzimmer lag ein bestimmter Schein aus dem Garten, es hatte an diesem Tag zum erstenmal geschneit. Noor zog sich oben gerade um. Als er in den Raum trat, richtete sie sich, den Fuß auf einem Stuhl, ein wenig auf, weiß, halbnackt.

»Wie war's heute? Hast du im Stau gestanden?«

Weil sie mit dem Rücken zum Lampenlicht stand, konnte er ihren Gesichtsausdruck nicht erkennen.

Schon etwas spät dran, ging er weiter, und als er die Dusche aufdrehte, kam es ihm so vor, als ob ihre unbeantwortet gebliebenen Fragen ihm gelassen dorthin gefolgt wären. Das blieb so an diesem Abend. Das Gespräch, so normal unter Eheleuten, ging während eines sehr gelungenen Abends in anderen Dingen unter. Wieder, so erzählten die Freunde, sei auf der Oude Zeestraat ein Unfall passiert. Ja, ein schwerer, ja, wahrscheinlich vom Schnee überrascht. Kennt ihr die Zufahrt zu Passchier, mit diesem Silo nach ungefähr zehn Metern? Das Auto hatte sich, nachdem es bis dorthin gerutscht war, in den Beton gebohrt, in voller Geschwindigkeit noch, der Fahrer war auf der Stelle tot.

Wie schrecklich. Vincent sah vom Gastgeber und dessen Freund zu Noor, ihr Gesicht lieblich und erschrocken. Und in diesem Moment wurden ihre Fragen in seinem Kopf wieder laut. Deutlich, alltäglich, sie waren noch da.

»Alles in Ordnung?« fragte sie auf dem Nachhauseweg.

»Mit mir ja.«

»Aber warum bist du so still?«

»Wegen dir.«

»Oh, Vincent, was meinst du?«

»Nur, daß ich zu Hause noch schrecklich gern einen Schnaps hätte.«

Kann es sein, daß die Frau deines Herzens mit einigen wenigen, in der alltäglichsten Sprache formulierten Fragen das Thema ihres Lebens verrät, in dem du – und warum erschrickst du jetzt – der Grundton bist?

5

Eine Frauenhand. Eine, die nur spärlich Notizen macht. Im Bettzeug versunken, hält er die Seiten ins Lampenlicht. Er liest, daß sie am 22. April an jemand Bestimmtes denken muß, der Name ist *Taco*. Der Rest des Zimmers ist jetzt ein samtiger Schatten, der die Nachtwelt draußen zwar durchläßt, aber nicht ungefiltert. Ein paar Tage später wird sie gegen halb vier nachmittags ihre Aufmerksamkeit *roten Platten für den Balkon (f 375,–)* schenken. Schläfrig betrachtet er die Gedächtnisstützen, die, je weiter das Jahr voranschreitet, wie das eben so geht, spärlicher werden. Sie scheinen ihm eine wie die andere von sehr tiefer, wenn auch unfaßbarer Bedeutung. Noch nicht eingetreten, aber doch im Anzug. Benannt, in gewisser Weise bereits beschrieben, ansonsten jedoch so immateriell wie die Vorfälle in einem Traum. Auf dem Weg über das Oberlicht (an der rechten Bettseite, wo seine Frau schläft) schaffen es die Hyazinthen, die außerhalb des Dorfes in endlosen Reihen blühen, in seine Nase zu dringen. Ein Optiker, ein Friseur, verschiedene Namen von Personen und Geschäften. Die sich seiner Kenntnis entziehenden Punkte stehen wie auf einer Land- oder Himmelskarte in Beziehung zueinander. Einschließlich dieser einen Koordinate, näher, klarer, aber wirklich nicht verständlicher als der Rest: Mit ungewöhnlicher Neugier betrachtet Vincent Lukas eine Zeitlang seinen eigenen Namen. Dann knipst er das Licht aus. Ein tiefer Seufzer. Am 7. Mai wird sie um 9.30 Uhr auf der gebeizten Holzbank hier unten auf ihn warten, einen Hund zu ihren Füßen, eine Katze auf dem Schoß. Es kann sich auch um einen Vogel handeln.

Er schläft schon fast, als neben ihm, ohne den geringsten Anlaß, ein Teil aus irgendeiner beliebigen Unterhaltung beginnt.

»Weißt du, wer?«

Noor.

»Weißt du, wer es ist?«

Eine Hundertstelsekunde lang dringt ihre Stimme zu ihm durch. Sie liest in meinem Herzen, geht es ihm sogar kurz durch den Kopf. Dann hat er wie üblich etwas Freundliches gebrummt und absentiert sich in aller Gemütsruhe bis zum nächsten Morgen um sieben Uhr, als er eine Pranke ausstreckt, um den Wecker abzuwürgen.

6

Auf dem Frühstückstisch in der Küche liegt eine karierte Decke. Er liest Zeitung. Von Zeit zu Zeit schaut er auf Noors Gesicht, sagt aber nichts. Noor ist im Morgenmantel, nur an den Tagen, an denen sie ihm in der Praxis assistiert, zieht sie sich schon beim Aufstehen an. Matte Gesichtsfarbe, der Schlaf tut ihr seit langem wieder gut. »Was lachst du?« fragt sie ihren Mann. Sie zieht eine Schublade auf, kramt kurz darin herum und zündet ein Streichholz an. Seit langem ist von der Schwerfälligkeit ihrer Gestik, der krampfhaften Anstrengung kaum noch etwas zu merken. »Ich lache über das, was in der Zeitung steht«, sagt er mit einem

Blick auf die Titelseite, wo links unten jeden Tag zwei hervorragende Kolumnen zu finden sind.

Noor gießt kochendes Wasser in die Teekanne, schreckt ein paar Eier unter dem Hahn ab, stellt einen Teller Müsli für das Schulkind Sonja hin, das gerade ein Kätzchen auf dem Fliesenboden losgelassen hat. Das Tier, knapp acht Wochen alt, ist zufällig in dieser Praxis übriggeblieben, in der keine Eintagswürfe abgespritzt werden, weil das überhaupt nicht nötig ist. Es gibt genug Leute, die, wenn's drauf ankommt, gern so einen unendlich weichen kleinen Gefährten wollen. Das Exemplar hier, so klein, wie es ist, bereits seriös grau gestreift, springt jetzt mit rutschenden Pfötchen auf ein Papierknäuel zu. Die drei in der Küche müssen darüber natürlich lachen.

Nur Sonja ist etwas geistesabwesend, ihr Lächeln, das auch etwas Verdrossenes hat, will sagen: Ich hab noch mehr im Kopf. Ich habe außer einer jungen Katze auch noch die E-Mails von Simon im Kopf, einem belgischen Offizier auf einem Chemietanker, der an Spitzbergen vorbeifährt oder an der Küste von Senegal, das muß er abwarten. (Das Kind mailt und chattet bereits seit Tagen mit diesem Mann. Schon am Morgen ist sie zum Computer im Wartezimmer gegangen, die Praxis ist heute ja geschlossen. Während das Kätzchen auf ihrem Arm mit der Pfote nach den tippenden Fingern schlug, öffnete sie die Mailbox. Sie hatte gefragt, was er bloß immer mit der »Brücke« meine. Die Kommandobrücke, so erfuhr sie heute morgen, *der Atlantika, kennst du die?* Er ist einundzwanzig. Diese einundzwanzig Jahre haben bei ihr eine gewisse Scheu geweckt, die *Führungspositionen an Bord*, von denen er manchmal spricht, ihr Gekicher, sein unveränderlicher Anfang jedes Chats ihr maßloses Interesse: *Memoirs of the ocean ...*)

Ich sollte los. Vincent legt die Zeitung zusammen und steht auf. Während er sich auf die Taschen seines Jacketts klopft, geht er zur Garderobe im Flur. Habe ich alles? Und ob er das hat. Außer seinen Papieren und Schlüsseln hat er auch noch ein unscheinbares Taschenbüchlein bei sich, ein kleines Ding, das, ohne daß er es weiß, bereits begonnen hat, mit der Unruhe einer Vorahnung seinen Tagen vorauszueilen. Ah, da ist es. Seine Finger erkennen die Umrisse, er hatte es doch irgendwo lassen müssen? Während er seinen Mantel vom Haken nimmt, stellt er sich die spitze Handschrift vor. In einer Stunde wird er den ersten Schnitt in eine graue rasierte Haut setzen. Er streckt den Arm, schaut, wie spät es ist. Zuversichtlich in bezug auf sein Leben und völlig eingestellt auf die Patienten, denen er sich an diesem Tag widmen wird, denkt er kurz, rein zu seinem Vergnügen, an die Frau, deren Gesicht er nicht kennt. Ihr Name? Auf der Schwelle der Hintertür, schon im Begriff, tschüs zu sagen, fällt ihm ein, daß ihr Name in den Unterlagen hier zu Hause natürlich bekannt ist. Im Terminbuch steht zweifellos auch, wo sie wohnt.

Noor ist vornübergebeugt mit dem Radio beschäftigt. Sie dreht an einem Knopf, und es kommen Meldungen über das Wetter, danach über Staus. Sie sieht auf. Bietet ihm ihren Mund.

»Um wieviel Uhr kommst du nach Hause? Fährst du vorsichtig?«

Welcher Mensch wünscht sich nicht ein wenig Verbundenheit mit einem anderen?

Grüße und Versprechen, er tritt ins Freie hinaus. Nahe der Türschwelle hat er ein Kind mit einem Kätzchen spielen sehen, so wie jedes Kind mit einem Kätzchen spielt: Mit inniger Freude beobachtest du es. Sein Eigensinn imponiert dir, seine Arglosigkeit trifft dich in der Seele: Ach, der pelzige Irrwisch, der schnell wie der Blitz den Vorhang hochgeschossen ist, hat sich sauber verrechnet und fällt. Jetzt nimmst du ihn in die Hand, du spürst Wärme und leises Pochen. Ja, er ist fast schon provozierend weich und zart, seine Körperkraft ist nicht der Rede wert. Dennoch beeinträchtigt das offenbar nicht im geringsten sein Gefühl für das, was sich gehört. Wenn du etwas Lautes umstößt (der Besen knallt auf den Boden), dann versteht er sofort höchst überzeugend den Rücken zu krümmen, trittst du ihm versehentlich auf den Schwanz, so faucht er bös. Du schmilzt dahin. Du weißt nicht, wohin mit deiner Zuneigung. Durch beharrliches Anschauen, Streicheln und Provozieren näherst du dich diesem wundersamen Mitgeschöpf, diesem kleinen Lebewesen, das wie die normalste Sache der Welt ein Paar durchscheinende, sich drehende Öhrchen hat, ein argloses Mäulchen und zerbrechliche Pelzbeinchen.

»Ja«, sagt Vincent am späteren Vormittag. »Leg doch besser einen Katheter an.«

Auf dem Tisch liegt ein Greyhound. Unter dem grünen Tuch ragen die Vorderbeine ausgestreckt heraus, darauf der Kopf, die Augen sind halb geöffnet. Durch das offengehaltene Maul führt ein Beatmungsschlauch in den Hals.

7

Der Greyhound gehört zu den Haustieren der Klinik. Er kennt den Geruch der Desinfektionsmittel und kennt auch die blinkenden Fliesen. Für die Studenten, die hier ihre Praktika absolvieren, ist es angenehm, mit einem Tier anzufangen, das sich mit Vergnügen den Puls fühlen läßt und auch nicht das geringste dagegen hat, sich ein Guckrohr beliebig tief in den Gehörgang bohren zu lassen. Diese angehenden Ärzte haben in ihrer Kindheit alle als Tierfreunde angefangen, und das gilt auch für ihren Dozenten, den Chirurgen, der heute morgen die Rückenwirbel des elfjährigen Patienten vorsichtig freigelegt hat. Das Tier, das immer mühsamer lief, wird an einem Bandscheibenvorfall operiert.

»Geben Sie mal ein bißchen mehr«, sagt Vincent zur Anästhesistin, als die Muskeln zu zucken beginnen.

»Feile.« Er streckt die Hand nach dem feinen Elektroinstrument aus.

In keinem anderen medizinischen Beruf ist die ärztliche Tätigkeit so abwechslungsreich. Man ist sowohl Internist als auch Orthopäde, selbst eine Netzhauttransplantation kommt manchmal vor. Heute morgen sind alle drei Operationsräume besetzt. Durch Glaswände getrennt, liegen sie in einer gleichseitigen Komposition nebeneinander. Gemeinsam formen sie ein Bild, das an das Spiegelbild in einem Kaleidoskop erinnert. Unter grellem Lampenlicht sind drei grüngekleidete Gruppen mit einer Präzisionsarbeit beschäftigt. Kleine Gesten, wenig Worte. Die dreifache Handlung, bis auf eine gelegentliche Verschiebung identisch, wird von dem Narkoseapparat am Kopf des Tisches und den Messern und Scheren am Fußende oder, genauer gesagt, dem Schwanzende des Tisches bestimmt. Was fast völlig außer acht gelassen unter dem grünen Tuch atmet, ist in dieser Anordnung auch nicht ohne Bedeutung.

Die Nadel. Vincent richtet den Blick auf einen der Assistenten, nach drei Stunden wird der Körper des Greyhound wieder zugenäht. »Okay«, sagt er munter, als nur noch eine wäßrigrote Linie in der Haut übriggeblieben ist. »Wird Nummer zwei schon vorbereitet? Der kann in zwanzig Minuten kommen.«

Er geht zu der Wand mit den Röntgenaufnahmen, streckt den Rücken, spürt einen angenehmen Hunger und Durst, erinnert sich an den kleinen Kalender in seiner Innentasche, denkt einen Augenblick daran und wendet seine Aufmerksamkeit dann der Aufnahme zu, auf der die verschwommenen Umrisse von vier kleinen Bulldoggen zu sehen sind, die ihrer übergroßen Köpfe wegen gleich per Kaiserschnitt auf die Welt kommen werden. Es hat eine Zeit gegeben, da er Noor ausführlich von solchen schönen Operationen erzählte. Wie die assistierenden jungen Leute die Welpen trockenrieben, wie sie sie warmhielten. Kannst du es dir vorstellen?

Nun, sie konnte es sich tatsächlich vorstellen. Ein

flüchtiges Lächeln, sanft schob sie den leeren Teller von sich. Um sie zufriedenzustellen, erzählte er während des Abendessens so detailliert und so technisch wie möglich, womit er seinen Tag zugebracht hatte. Noor, ganz ihrem Mann zugewandt, bekam einen Bericht über Schnitte und Wechselschnitte. Sie erfuhr auch, daß das Narkosegemisch aus soundsoviel Prozent Opiaten und soundsoviel Prozent Sauerstoff besteht. Ach, beruht nicht jedes Zusammenleben auf einem einfachen, aber häufig verborgenen Reglement? Noor war seinerzeit ein hübsches Mädchen mit einer Wangenpartie wie ein ganz zarter Flaschenkürbis. Um ihre Augen, die Nase und den Mund war keine Spur von Besorgnis oder Kummer, der ja bekanntlich auf die Dauer von den Gedanken in die Gesichtszüge wandert.

18. April

8

Es ist ziemlich ungewöhnlich, daß er am Morgen danach eine Kopfschmerztablette braucht. In dem Moment, als er die Vorhänge aufzieht, trifft die aufgehende Sonne ihn in die Augen. Der Himmel ist blau, bis im weiten Umkreis so blau, daß es einen schon nervös macht, denkt er, während er ins Bad geht. Hochsaison. Heute werden wieder reichlich Reisebusse ins Dorf rollen. Und in den Büros der Blumenzwiebelzüchter wird verhandelt werden, wie es das ganze Jahr hindurch geschieht, nun freilich mit deutlich mehr Überredungskraft auf seiten des Züchters, der nur durch das Fenster auf die flammenden Felder zu schauen und dann einen Augenblick lang zu schweigen braucht. In der ganzen Umgebung ist etwas im Gange, von dem die im Spaziertempo an den gelben, blauen und tiefroten Rechtecken entlanggehenden Leute nur eine schwache Akzentuierung sind. Sie meinen, von der Farbe geschluckt zu werden. In Wirklichkeit ist es in erster

Linie der Geruchssinn, unter dem sie heute leiden und der schuld daran ist, daß sie den glühenden, sich über viele Kilometer erstreckenden Strauß am liebsten als Ganzes pflücken würden. Als Vincent sich am Ende des Tages, müde, dem Kreisel beim Dorf nähert, muß sein Auto eine Weile warten, bis der vom Meer her kommende Verkehr die Straße frei gemacht hat.

Noor steht in einer blauen, hochgeschlossenen Jacke im Wohnzimmer vor dem Bücherschrank. »Hallo!« Sie dreht sich nicht sofort zu ihm um, weil sie gerade auf Zehenspitzen etwas Schweres an seinen Platz schiebt. Ein Klaps mit der flachen Hand, und da ist ihr Blick, der sofort, als sie ihn sieht, prüfend wird.

»Was ist mit dir?«

Er antwortet nicht. Er schaut auf das schöne Gesicht, das nur wegen irgendeiner Aufgabe momentan etwas abgestumpft aussieht, die Wangen gerötet, und wird sich bewußt, daß es an diesem Tag keinen Moment gegeben hat, an dem er sich die abstrakte, vergeßliche Frau, die ihren Kalender verloren hat, *nicht* vorgestellt hat.

Während des Abendessens findet er, es werde Zeit, seine Torheit zu verjagen. Iß, Mann, und schau einfach um dich. Er merkt, daß Sonja keinen Appetit hat, sondern hölzern auf ihren Teller starrt und über irgend etwas nachgrübelt. (Er ist ihr abhanden gekommen. Sie hat ungefähr eine Stunde lang in der Chatbox auf der Suche nach *Simon the Sailorman* rumgesurft, aber nein, nichts. Ihre letzte Unterhaltung beschäftigt sie noch immer – heftig. Wie sieht so ein Tag an Bord aus, hat sie von ihm wissen wollen. Bist du ein netter Fahrensmann? Erzähl mir von deinem Seemannsleben. Er hatte geantwortet, daß es auf so einem Schiff als erstes schon mal keine Tage gibt, sondern daß sie in Schichten von sechs Stunden Arbeit und acht Stunden Freizeit arbeiten. Ah, so ist das? Ja, mein Herz. Woraufhin er ihr empfahl, *Der Schwarze Albatros* zu lesen. Der schwarze Albatros? Der Schwarze Albatros, ja, von einem Portugiesen. Die Puffs und die Nutten kannst du überblättern. Streich im Kopf die Obszönitäten, und du erfährst, wie das wahre Seemannsleben aussieht ...)

Vincent legt seine Hand auf ihren Arm, sie lacht schon wieder. Er stellt dem Kind ein paar freundliche Fragen, worauf er ein paar äußerst freundliche Antworten bekommt, die unter anderem den Unterrichtsstoff, den Lehrer und den Klassendepp, zugleich Petzer und Streber, betreffen. Er hört zu. Während seine Aufmerksamkeit nun ganz auf die Mädchenaugen und auf die Locken gerichtet ist, die sie beim Sprechen kräftig nach hinten schüttelt, denkt er: Ach, wie kurz ist es erst her, als ich ihr *Sjampardoedas* vorsang, Pferde für sie zeichnete und wir mit dem Sonnenfleck spielten, der über das Zifferblatt meiner Uhr wie eine närrische Heuschrecke zwischen der Fensterbank und dem Fußboden hin und her schoß. Dahin, vorbei, wie seltsam ist das Leben! Wie papierdünn die Vergangenheit und wie unbeschrieben die Zukunft, die wir doch alle angenehm und gut im voraus festlegen wollen! Der kleine Kalender hatte für heute gar nichts erwähnt.

Gegen elf Uhr abends fragt er Noor, was sie an diesem Tag gemacht habe. Sie sitzen wie gewohnt beisammen, sie im Lehnstuhl unter der Lampe und er auf der Couch gegenüber dem Fernseher, den er gerade ausgeschaltet hat. In der Leere, die daraufhin entstanden ist, sieht Vincent seine Frau an. Das Licht fällt von der Seite auf ihre Schulter und auf das aufgeschlagene Buch, in das sie versunken ist. Er denkt nicht an sie. Vincent hegt kaum Interesse für die Lesende, nicht für ihre Erlebnisse des heutigen Tages und noch weniger für dessen verborgene Aufregungen.

»Was hast du heute gemacht?«

Sie sieht ihn mit Augen voller Bilder über den Rand ihres Buches an.

9

Nichts. Noor ist einer jener Menschen, denen die Dinge widerfahren. Sie kann mit Leichtigkeit einen Tag herumbringen, ohne etwas Nennenswertes zu treiben. Enthüllt ein Mensch mit dem, was er tut, sein wahres Bild, wie manchmal behauptet wird? Oh, dann ist Noor sicherlich jemand, der, weniger im Banne seines wahren Selbsts, auch etwas weniger handelnd durchs Leben geht. Im übrigen ist es noch die Frage, wer am meisten erlebt. Der Aktive, der der Welt seinen Stempel aufdrückt – Tatkraft ist eine anerkannte Tugend –, oder derjenige, der sich lieber verleiten und, wenn es sich so ergibt, natürlich auch überwältigen läßt?

Noor hatte bis zu ihrem vierundzwanzigsten Lebensjahr eine Reihe von Jobs gehabt und war auch viel herumgereist. Sie war beweglich und so an der ganzen Welt interessiert, daß ihr Gemütszustand noch am ehesten einer permanenten stummen Verwunderung glich. Dann kam er, also Vincent, eines Tages – wir haben es hier mit Liebe auf den ersten Blick zu tun –, und der Rest zählte nicht mehr. Macht nichts. Die Welt, eingedickt auf einen einzigen Punkt, ist noch immer die Welt, komplett, unermeßlich.

Einmal jedoch hat jemand es verstanden, ihren Gesichtskreis so zu verkleinern, daß er, wie unter einem Brennglas zusammengezogen, sie in den Augen zu schmerzen begann. Ein paar banale Andeutungen, nicht einmal deutlich ausgesprochen: Sie wurde blaß, sie stieß ihre Teetasse um.

»Was!«

Ihr Gegenüber nickte mitfühlend. Aber ja, ihr Mann betrog sie, ich bitte dich, natürlich betrog er sie.

Daraufhin sah sie den Übermittler (einen jungen Onkel ihres Mannes) noch einen Augenblick an, ohne sich zu rühren. Das Wohnzimmer wurde an jenem Nachmittag von besonders weißem Licht überflutet. Ende April. Sie sah auf das feiste, seidenglatte Gesicht (aber doch mit Schnurrbart), das ihren Blick höchst verständnisvoll beantwortete, die Stirn ohne eine einzige Falte. Die Augen beteiligten sich nicht an dem Lächeln darunter.

»Was hast du?« hörte sie ihn noch fragen.

Sie sprang auf, rannte zur Tür und begann sich bereits auf dem Flur zu übergeben. Danach der Putzschrank, Scheuerlappen und Eimer und die tiefe Stille hinter der Wohnzimmertür. In ihrem Herzen bereits eine Trauer der Art, die keine passende Ausdrucksform kennt, sich daher an alles mögliche heften kann und nicht vorhat, je zu vergehen.

Wobei alles gelogen war.

10

»Dein Onkel?«

»Mein Onkel, ja.«

»Aber du hast mir noch nie von ihm erzählt.«

»Ich hab ihn auch jahrelang nicht mehr gesehen.«

»Böse aufeinander?«

»Aber nein.«

Sie standen im Garten. Noor war, als er nach Hause kam, gerade dabei, ein Foto von Sonja-auf-der-Schaukel zu machen (das Mädchen war damals vier), der Wind wehte ihr Kleid bis zur Hüfte hoch und entblößte ein Bein, so rund und weiß wie eine Vase.

»Was dann?«

»Er ist ausgewandert. Gleich nach seinem Studium ging er weg, ich glaube, nach Neuseeland.«

»Was soll ich kochen? Was ißt er gerne?«

»Denk dir irgendwas aus.«

»Wie heißt er?«

»Theo.«

»Onkel Theodor.«

»Wenn du dir einen onkelhaften älteren Mann vorstellst, liegst du falsch. Wir sind nur knapp drei Jahre auseinander.«

Sie fand ihn tatsächlich nicht onkelhaft. Ihr Gast

mit dem blonden Schnurrbart und dem Gesicht, auf dem das Leben nichts zurückgelassen hatte außer einer tiefrosa Farbe, wirkte eher wie ein großer, überentwikkelter Junge. Er lobte den Wein, machte sich über den Lachs her, bat um eine Karaffe Wasser, goß sich ein und kramte in einem fort Familienerinnerungen aus, die er dann plötzlich abbrach, um seinen Neffen zu ermahnen. War es nicht großartig? Tu bloß nicht, als hättest du von alldem keine Ahnung gehabt! Er trug einen eleganten grauen Anzug.

Noor fühlte sich auf unangenehme Weise zu seinen Gesprächsthemen hingezogen.

Nach der *Ile flottante* fragte er sie, ob er sich eine Zigarre anzünden dürfe. Sie konnte es nicht lassen, ihm zuzuschauen. Frische Lippen, sehr voll, darum herum etwas, das tabu war. Sein Zwinkern kurz bevor er den ersten Rauch ausblies, brachte sie aus der Fassung. Da hatte er bereits mit seinem jüngeren Neffen ein Gespräch über Frauen begonnen. Mein lieber Vincent, weißt du, daß du und ich nicht weniger als dreimal dieselbe Frau geliebt haben?

Daraufhin erzählte er, Theo, von einem tollen Mädchen aus der vierten Gymnasialklasse. Graublaue Augen und so, ja, ich hatte vor, das Kind zu erobern. Einmal, bei einem Schulfest im Juni, als er ihr gerade auf dem Flur nachlief, war der kleine Neffe aus der Unterstufe doch tatsächlich an ihm vorbeigerannt, Himmelherrgottnochmal, Vincent, richtig gekeucht hast du vom Rennen, um ihr an der Treppe, wo der Krach von den Stones nicht mehr zu hören war, etwas zuzuflüstern –

»Hör doch auf!«

»Ja, ganze dreizehn Jahre alt, ein Leben voller Frauen noch vor dir, hast du dich auf die Zehenspitzen gestellt, ihr etwas zugeflüstert und ihr in die Augen geschaut, verflixt noch mal!«

Noor lachte schallend, und zur Hälfte sogar echt, doch mit der Stimmung war etwas faul.

Der Onkel: »Du willst es lieber vergessen? Wie du willst.«

Der Neffe: »Vielleicht sollten wir dieses Gespräch abbrechen.«

Noch in derselben Woche tauchte der perfekt rasierte Theo wieder auf, er wollte unbedingt ins Kino. Damals gab es noch eins im Dorf, und ein Mädchen in sehr kurzem Rock lotste sie alle drei hinter einem Lichtbündel den dunklen Gang hinunter.

»Hat Ähnlichkeit mit Betty!« sagte Theo in lautem Flüsterton zu Vincent, und zu Noor: »Du in die Mitte.« Der Film hatte mit viel Lärm bereits begonnen.

Noor bekam einen Schubs gegen ihren Mantel.

Sie ließ sich in den Sessel fallen, schlug die Füße

übereinander, um sich dann eine Stunde lang an einem Schauspiel von Liebe und Ehebruch zu weiden. Menschenskinder, wie interessant! Sie sah schaudernd zu. Der Arm an ihrem linken Arm war mittlerweile ein Arm ohne Willen, das spürte sie, ein weicher Muskel, bereits seit langem entwöhnt, etwas zu unternehmen.

Im Eissalon »De Punt« nahm das Gespräch wieder seinen Lauf. Noor, obwohl noch benommen vom Film, war wieder sehr höflich, Vincent dagegen gab sich nicht mehr die geringste Mühe, sein Mißfallen zu verbergen, und ging nach vorn, um an der Glastheke ganz allein einen Espresso zu trinken. Auf der Bank vor der weißen Wand plauderte Theo währenddessen behaglich weiter. Thema war die Familie, alte Freunde, und auch eine junge Frau, die sehr gut Ski fahren konnte, irgendwo im ewigen Schnee oberhalb von Ischgl, paßte hinein. Sag mal, Neffe, wie hieß sie gleich wieder? Dir ist doch wohl klar, daß du schon ganz schön rumgevögelt hast in deinem Leben? Es war kurz vor der Polizeistunde. Ein blasser Junge reinigte die Eismaschine. Und weißt du eigentlich, daß ich mal Croupier war? Ich hab gelernt, wie ich das Rad auf Null stellen muß!

Noor, links am Tisch, fand die Stimme mittlerweile sehr laut. Sie hatte sich halb erhoben und sah ihren Mann im Spiegel unter einer doppelten Flaschenreihe eindringlich an. Sollen wir nicht mal gehen?

Theo, Vincent und Noor gingen nach Hause. Vincent und Noor, Arm in Arm, schwiegen, und Theo, ein paar Schritte hinter ihnen, sagte in versöhnlichem Ton von Zeit zu Zeit Dinge wie: »Was für eine Stille! Was für ein verdammt schöner Abend!« An der Haustür verabschiedeten sie sich vom Onkel. Der Abend war tatsächlich schön. Halbmond, leiser Wind über den Feldern, wo die meisten Blumen geköpft waren, aber immer noch duftend zu Haufen aufgetürmt lagen. Am Samstag würde hier in der Gegend der Blumenkorso herumfahren, der Höhepunkt der Saison. Immer noch etwas zerknirscht, schlug Theo vor, zu dritt hinzugehen. Vincent lehnte ab. Der Form halber sagte er zu Noor: »Aber, wenn du Lust hast?«

Sie nickte sofort.

»Ja«, sagte sie schnell.

22. April

11

Im Zustand der Betörung. Er will es nicht wissen und weiß es doch. Beherrscht zu werden von einer Geliebten, die man noch nie gesehen hat. Er bleibt am Fenster stehen und schaut hinaus, bis Noor sich für die Nacht fertiggemacht hat. Wassergespritze. An diesem schon etwas laueren Abend spürt er alle möglichen Schattierungen von Ungeduld und Erwartung. Wo ist sein gesunder Menschenverstand? Vincent denkt mit wachsender Obsession an eine Frau (mit heiterem, jetzt etwas schläfrigem Gesicht, denn auch sie ist im Begriff, zu Bett zu gehen. Die Fenster sind sperrangelweit geöffnet, das war nötig, heute hat sie zusammen mit ihrem Sohn das Zimmer neu tapeziert.), die er noch nie gesehen hat, deren Termine ihm aber nicht ganz unbekannt sind. (Eine Anwandlung. Der Student, der wegen eines Zahnarztbesuchs daheim schnell mal vorbeigeschaut hat, sah, wie seine Mutter mit abschätzendem, vom Frühjahr befangenem Blick die Wände ihres Schlafzimmers betrachtete. Der gutherzige junge Mann, genauso großgewachsen und geschickt wie sein Vater und selbstverständlich sehr viel geschickter als seine Schwester, die am liebsten mit hochgezogenen Knien fernsieht, war sofort für die Arbeit zu haben gewesen. Sie hatten sich erst die Wand mit der Tür vorgenommen, dann die Ecke mit den Fenstern. Auf der rechten Seite war die Sonne. Auf der linken konnten sie bis zum bläulichen Saum von Opas ehemaligen Ländereien sehen, des eigensinnigen Blumenzwiebelbauern, der schon um 1920 begriffen hatte, daß die Reichtümer des Feldes vor allem in der Scheune großartig wachsen ...) *Taco*, hat für heute in ihrem Kalender gestanden.

Als Noor im Schlafanzug ins Bett geschlüpft ist, tritt er vom Fenster zurück. Vincent ist gewohnt, sich blitzschnell zu duschen und auch noch die Zähne zu putzen. Jetzt liegt er auf dem Rücken in der Dunkelheit. Stille auf der Straße. Eine Katze mit Hängebauch überquert die Fahrbahn und schaut dabei starr nach rechts. Hinter der grünen Plane des im Bau befindlichen Einkaufszentrums schläft, den Kopf auf einer Plastiktüte, ein armer Schlucker. Jedes Geschöpf denkt sehr schnell von sich selbst, es sei die Einfalt und Redlichkeit in Person. Es wird gegen zwei sein, als Vincent halb und halb wach wird, weil ein paar Streifenwagen in vollem Tempo in Richtung Kreisel am Haus vorbeirasen. Schlaftrunken folgt er den Tönen der Sirenen, die leiser und tiefer klingen, je weiter die Autos sich entfernen, aber, wie ihm scheint, nicht ganz verstummen.

28. April

12

Dann kommt der Augenblick, in dem er den vereinbarten Termin zu Gesicht bekommt. Es wurde auch Zeit, eigentlich ist es merkwürdig, daß er noch nicht früher ins Wartezimmer gegangen ist, um ins Buch zu schauen. Terminabsprachen werden von zwei Seiten getroffen, sonst sind sie nicht gültig.

»Was suchst du?«

Er ist gegen halb neun hineingeschlendert. Im Wartezimmer befanden sich bereits drei Menschen, zwei Hunde und ein Meerschweinchen. Die Menschen unterbrachen ihr Gespräch, um ihn zu grüßen, die beiden Hunde, hingelagert auf dem Fliesenboden, richteten lediglich einen aufmerksamen Blick auf ihn. Jetzt ist Noor in ihrer weißen Kittelschürze herbeigekommen. Verwundert, ihn herumsuchen zu sehen, stellt sie sich hilfsbereit neben ihn, um mitzusuchen.

»Och ...«

Eine neue Klientin erscheint, Mädchen mit Katze,

Noor ist einen Schritt zur Seite getreten, sie schaltet den Computer ein. Diese Praxis ist ein moderner Betrieb mit einer vollautomatisierten Patientenkartei. Dann findet er es. 7. Mai. Am 7. Mai wird um 9 Uhr 30 eine Tierbesitzerin mit einem gut ein Jahr alten Heiligen Birmakater hier auf ihn warten. Er nickt. Gut, Katzen, die ins Freie können, sollte man tatsächlich am besten nach einem Jahr noch einmal gegen Katzenschnupfen impfen. Bei solchen längerfristig vereinbarten Terminen geht es fast immer um Impfungen. Umgeben vom Stimmengewirr und dem Alltagsbetrieb um ihn herum, schaut Vincent auf die Eintragung – *Frau Meeuwenoord* –, die seine Frau ordentlich vorgenommen hat. Er sieht mit einer gewissen Beruhigung, daß Noor auch nach der Adresse gefragt und sie bekommen hat.

Trotzdem spielt, als er ins Sprechzimmer geht, ein kleines Zucken um seinen Mund. Und als er danach in dem angenehmen, hellen Raum den Blick über die Apparaturen und den Tisch wandern läßt, blickt er in Wirklichkeit auf eine angenehme helle Straße, die so angelegt ist, daß man entlang einer geschwungenen, zum Ende hin leicht ansteigenden Linie plötzlich am Meer ist. Normale Straßen haben immer etwas leicht Abweichendes oder Schiefes und halten so die Aufmerksamkeit gefangen. Diese Straße hat solche Unregelmäßigkeiten selbstverständlich auch, geht jedoch, was eigentlich nicht sein dürfte, eine natürliche Verbindung mit ihnen ein. Wie logisch springt das Unkraut am Rand immer wieder hervor. Wie akzeptabel neigt sich die Fahrbahndecke auf manchen geraden Stücken nach links oder rechts, als führe man in eine Kurve ein. Die hier und da schiefen rotweißen Pfähle haben nichts Unangebrachtes mehr und werden sich dem Verebben deiner Gedanken wirklich nicht in den Weg stellen. Gelassenheit. Jeder Meter, den du zurücklegst, will nichts weiter von dir als den nächsten Meter.

»Ja!« ruft er in der offenen Tür den ersten Tierbesitzer. Sie wohnt also am Ruigrokseslag, einem Gartenbaugebiet direkt hinter den Dünen.

Gefolgt von Noor kommen ein Mann und ein Leonberger herein. Er sieht sofort, daß der Hund zu mager ist. »Wo fehlt's denn?«

Das Problem ist Benommenheit und Erbrechen, schon seit drei Tagen. Gemeinsam mit dem Mann hebt Vincent den Patienten auf den Tisch. Während er weiterfragt und untersucht, greift Noor nach der Schermaschine. Er denkt nicht an ihre Einmischung in seine Arbeit, sein tägliches Leben, die vor fünf Jahren gefundene Lösung funktioniert, und damit basta. Welcher Mann hätte nicht lieber eine heitere Frau, weggelockt vom Rand des Nichts? Noor hebt eine der Vorderpfoten und rasiert die Haut. Geschickt nimmt sie danach etwas Blut ab.

»Kommen Sie in fünf Tagen wieder.« Vincent hat ein Rezept ausgestellt. »Dann habe ich auch die Ergebnisse der Blutuntersuchung.«

Im Laufe des Vormittags stellt er fest, daß es doch merkwürdig ruhig bleibt. Auch aus dem Haus dringt kein Laut zu ihm, obwohl das Dienstmädchen – ihr Name ist Diamantina de Fatima – dort putzen muß. Gegen zehn steht er ein wenig verwundert da und rührt in seinem Kaffee. Hinter ihm Noors Schritte, die beim Aufräumen ist. Gerade als er denkt: Was treiben denn alle bloß bei diesem frühlingshaften Wetter, erzählt sie, daß die ganze Gegend im Banne des Blumenkorsos am Samstag steht und daß die Leute an nichts anderes mehr denken.

»Sie sind wieder mal völlig aus dem Häuschen.«

13

Die Wagen starten in Haarlem. Aus der gesamten Umgebung treffen sie dort ein, am sehr frühen Morgen. Die miteinander wetteifernden Fahrzeuge verursachen jedesmal als erstes ein entsetzliches Chaos. Panik, Nervosität, Männer rennen beunruhigt um die phantastischen Blumengebilde herum oder klettern, böse, auf die Traktoren davor, um sie mit übertrieben viel Gas ein Stück vor oder zurück zu manövrieren. Frappierend ist, daß die Verärgerung und Erregung die Wirkung der Mädchen und Frauen auf all dieser Pracht nicht beeinträchtigen. Sie lächeln bereits, stellen sich bereits zur Schau, im Grunde ist es ein Fest. Dann bläst zu gegebener Zeit ein etwas schlampiger Mann am Kopf des Zuges auf einer Pfeife und sagt: »Los geht's!«

Der Korso hat immer ein Thema. In dem Jahr, als das Thema »Die Braut« war, haben die 650 000 Menschen entlang der Strecke Mädchen an sich vorüberziehen sehen, wie es sie in der landläufigen Wirklichkeit sonst nicht gibt. Und alles war so ansteckend, daß die örtlichen Orchester, die sich wie üblich am Anfang jedes Dorfes in den Blumenzug mischten, statt ihrer Märsche sentimentale Lieder wie *Michèle ma belle*, sehr ekstatisch vorgetragen, spielten. Gegen Mittag war der Zug an den Amsterdamer Waterleidingsduinen vorbei. Man fuhr nach De Zilk, und danach ging es unter der Reichsstraße hindurch Richtung Oude Zeestraat. Die beste Stelle, um alles zu sehen, war die Tribüne vor dem »Wildschut«, was zum Glück nicht jeder wußte. Sollten Noor und dieser junge Onkel ihres Mannes sich dort hinsetzen wollen, so wäre noch Platz.

Sie hatten gerade das Haus verlassen, Noor, die ihr Haar zu einem Pferdeschwanz zusammengebunden hatte, und Theo in einem schon sehr sommerlichen Anzug. Oberflächlich, aus der Entfernung betrachtet, würde man sagen, daß die beiden sich gern mochten und auch gut kannten. Theo sprach, ihr ganz zugewandt, begeistert auf sie ein, und sie hörte zu. Wer jedoch besser hinsah, dem würde auffallen, daß Noor ziemlich bedrückt wirkte und – merkwürdiger Vergleich – Ähnlichkeit mit einer Wand hatte, durch die lauter kleine Tropfen perlen. Sie näherten sich der Ortsmitte. Bei der Bäckerei blieb er stehen, Theo, ein offenes Lachen auf dem Gesicht. (Und überall an den Häusern Flaggen.)

»Aber mit wem, fragst du mich?«

Sie schwieg. Sie hatte nichts gefragt.

»Darauf gibt es wirklich keine kurze Antwort, Noor.«

Vielleicht eine Minute später hinderte sie ihn daran, zu Ende zu sprechen.

»Oh, bitte!« murmelte sie unglücklich.

Theo sah sofort, daß auf der Tribüne beim »Wildschut« noch Platz war. Sie kletterten in der Sonne hinauf und nahmen sich von einem vorbeikommenden Tablett ein Bier und einen jungen Klaren. Die interessante Unterhaltung ging währenddessen weiter (Köpfe in all dem Trubel dicht beieinander) zwischen Noor und dem so plötzlich aufgetauchten Onkel aus Neuseeland, dem der Gesprächsstoff nicht ausging, sein Mund war so voll wie eine Wurst, die man ausquetschen kann.

»... dafür könnte ich dir ein ausgezeichnetes Beispiel nennen.«

»So?«

»Ja. Bleib einfach ganz in deiner Nähe. Geh zunächst mal vom nächstliegenden Fall aus.«

Sie verdrehte den Kopf, alle taten das.

»Also, ich habe wirklich keine Ahnung.«

Die Musik kam.

»Es interessiert mich auch nicht.«

Oh, und dann setzte der erste Wagen alle in Erstaunen. Ein JA aus roten Tulpen, ein Versprechen, zusammengesetzt aus tausend eigenständigen Organismen (im Grunde ist das völlig real), zog vorbei. Noor und ihr Begleiter gingen jetzt ganz in der Menge auf, unbemerkt und für das außergewöhnliche Schauspiel kaum von Belang. Theo beugte sich noch etwas weiter zu ihr hinüber. Während er gemeinsam mit ihr den Zug bestaunte, belebte er sein Thema von neuem, und jetzt, da sie ohnehin nicht richtig zuhörte, bedeutend dreister. Sie verfolgte das Defilee, ohne den Blick auch nur für eine Sekunde abzuwenden, auch wenn sie müde vom Schauen wurde, blieben ihre Augen geöffnet. Sie nahm dann nur, wie jeder es tut, ihre Phantasie zu Hilfe, um zu sehen, was sie nicht sehen konnte, und zu hören, was nicht zu hören war.

Sie schauten auf »Die Trauzeugen«.

Sie machten sich gegenseitig auf »Die Geschenke« aufmerksam.

»Der Abgewiesene« der Gebrüder Langeveld aus Lisse erhielt zu Recht eine Ovation. (Und sollte einen der Hauptpreise bekommen.)

Später, zu Hause, während sie noch schnell Tee für ihren Gast kochte, fühlte Noor sich zum Bersten voll von verworrenem Zeug und Eindrücken. Als er sagte: »Rat mal«, schüttelte sie den Kopf. Als sie auf den glühenden Tee blies, war ihr Blick niedergeschlagen.

»Sag schon.«

Ihr Ton war sachlich.

14

Sie ist schön. Er geht davon aus, daß sie keine Frau von, sagen wir mal, sechzig ist. Sie trägt keine Brille, hat das Haar nicht jungenhaft kurzgeschnitten und trägt nicht, als Ausgleich zu dieser Frisur, lange Ohrgehänge. Woher er das alles weiß? Das weiß er von ihr. An ihrem Äußeren ist nichts auszusetzen, Punkt, darüber wird in seinem Kopf nicht diskutiert. Verfügt er nicht über genügend Hinweise? In klarer Sprache, zweckentsprechend gewählt, in unumgänglicher Wortfolge, ohne die geringste Verlogenheit von ihr selbst formuliert? (Und dabei sprechen wir nicht mal über ein Gedicht, sondern über Kalendernotizen.) Sprache ist logisch. Nicht weniger logisch als eine Dreiecksberechnung. Er trommelt mit den Fingern auf seinem Kinn und starrt aus dem Fenster. Haarfarbe, Augen, Körpergröße: Das alles ist ihm unbekannt, doch was zeigt sich? Wovon du dir kein Bild machen kannst, das kann doch mit Hilfe von Worten an den Rand deines Blickfelds gerückt werden. Sie ist schön.

An diesem Nachmittag geht alles im Haus seinen gewohnten Gang. Er nimmt einen kleinen chirurgischen Eingriff vor (Mechelner Schäferhund, zehn Jahre alt, Korken verschluckt), Noor geht aus, Diamantina de Fatima wischt den Flur auf und beginnt dann, vor dem Herd kniend, die Backröhre sauberzumachen. Interessiert hört das Dienstmädchen unterdessen Sonja am Tisch zu, die froh ist, ihr beim Tee ausführlich zu erzählen, wie es mittlerweile mit ihnen steht, mit ihr und dem Schiffsoffizier. Simon the Sailorman fährt auf einem Tanker, der Öl oder Gas transportiert. Auf seinen

Seereisen, die viele Monate dauern können, dürfen Frauen zwar mitfahren, aber nicht eine scheint das zu wollen. (Du kennst also nur dumme Zicken!!) Wie würde dir das gefallen, hatte er gesagt, endlos lang auf See und so gut wie keine Beschäftigung. Oh. Aber du kannst doch immer noch ein Buch schreiben? Oder dich in irgendwas vervollkommnen, zum Beispiel im Schachspielen? Ob sie dieses intelligente Spiel etwa beherrsche. Nein, na bitte. Irgendwann fange ich an, ganz laut zu brüllen. Dann werfe ich alle Figuren um. Wohl, wenn du matt gesetzt wirst? Nein, schon viel früher. Ich bin einfach kein analytischer Geist, eher ein streng intuitiver. Aha (er wieder), ich bemerke einen naheliegenden Mann-Frau-Unterschied zwischen uns. Sie: Oder vielleicht einen Belgier-Niederländer-Unterschied? Er: Oder einen Seemann-Mädchen-Unterschied? Sie: Oder einen Weiche-Katze-wolliger-Hund-Unterschied?

15

Und da heute, ganz konkret, im kleinen Kalender gestanden hat: *Halb vier, rote Platten für den Balkon (ƒ 375,–)*, muß jetzt kurz vom folgenden die Rede sein. Man hat sie tatsächlich gebracht. Gegen vier sind sie mit einem kleinen Lieferwagen vom Baumarkt auf ihr Grundstück gefahren. Motorlärm: Ein geschriebenes Motiv nähert sich der Wirklichkeit. In dem Moment, als der Fahrer aus der Fahrerkabine sprang, sind zwei kleine Hunde vom Haus auf ihn zugerannt. Dahinter kam sie. Sie trug ein rotes Kleid, hatte sich die Haare aufgesteckt, und ihre Augen sahen gutgelaunt aus. Sie hat den Arm gehoben, den Fahrer gegrüßt und versucht, die beiden Hunde, die nicht bellten, ihn aber ansprangen, zu beruhigen. »Weg mit euch!«

Sie heißt Gemma.

»Wo soll ich sie hinlegen, Gem?« hat der Mann gefragt.

Sie zeigte auf die Stelle. »Dort bitte, unter den Balkon.«

Weil die Hunde weiter herumsprangen, hat sie einen hochgenommen, was auch den anderen beruhigte. Die beiden sind Terriermischlinge, die dem Namen nach ihrem Mann gehören, aber natürlich von ihr versorgt werden, ebenso wie der Kater ihres Sohnes, der Papagei ihrer Tochter (eine alte Amazone, die schon seit Dutzenden von Jahren sehr gut spricht) und die ewig herumschwimmenden Goldfische: Gehören die etwa ihr?

Sie zahlte bar. 375 Gulden. Danach haben sie und der Mann noch ein bißchen geschwatzt, sie kennen sich seit der Grundschule.

»Es scheint ja schon Sommer zu werden.«

»Ja, es ist warm.«

Und schon holperte das Auto den Weg wieder hinunter. Eine Notiz, ein paar Wörter haben sich in eine Partie ziemlich schwerer Betonplatten, rot, verwandelt, unten mit solchen Rillen versehen, dank derer man sie problemlos auf eine dünne Bitumenschicht legen kann. Morgen wird sie Nico anrufen.

Vom Garten aus, tief und hinten mit Obstbäumen bestanden, hat sie zufrieden zum ersten Stock des Hauses hinaufgeschaut. Sie hat vor, auf dem Balkon vor dem, was sie noch immer das Mädchenzimmer nennt, einen Liegestuhl aufzustellen. Selbst bei Westwind vom Meer kann man da im Südosten mit den Füßen auf einem niedrigen Tisch in der Sonne sitzen und ungestört die nicht unzufriedene Mutter und Ehefrau spielen. Ein Gähnen, Augen zu, du legst die Hand auf die Brust. Die Dramen sind in deiner Jugend bereits allesamt voll zum Zuge gekommen und haben sich ausgetobt. Dein Schicksal ist aus dem Gleichgewicht.

2. Mai

16

»Hier müßte er doch sitzen.«

Die Finger in der Bauchhöhle, schaut er auf. Die Augen der beiden Famulanten auf der anderen Tischseite blicken aufmerksam zurück. Er sucht wieder im Bauch. Schüttelt den Kopf. Magen, Leber, die Organe liegen nicht, wo sie liegen müßten.

»Schafft ihr's noch?«

Die Famulanten nicken. Schon mehr als eine Stunde lang ziehen die jungen Leute die Wundränder mit breiten Metallhaken auseinander.

Er sucht nach einem Tumor an der linken Nebenniere. Diese Operation gehört zu den schwierigsten, die es gibt, und kann nur von sehr geübten Händen vorgenommen werden. Das Risiko besteht darin, daß der Tumor oft mit der Aorta und anderen Gefäßen verwachsen ist.

»Vielleicht das hier...«

Er zögert. Das Gewebestück, das er aus der dunkelroten, durch das Blut unmöglich genau zu definierenden Masse mit seiner Zange ein Stück hochzieht, könnte ebensogut der Mund der Bauchspeicheldrüse sein, wäre es nicht so, daß die Bauchspeicheldrüse hier überhaupt nicht hingehört.

Er überlegt, vollkommen klar im Kopf. Die vergangene Woche war eine, in der er täglich, und jeden Tag mehr, von einer Geliebten ohne Äußeres in Beschlag genommen worden ist, der er trotzdem in den verrücktesten Augenblicken begegnete: auf der Straße vor ihm gehend, in der Autoschlange eine Spur schneller als er beschleunigend, Formulare stempelnd im Postamt, im Restaurant von ihm wegschauend. Einmal, als er zu Hause langausgestreckt auf der Couch lag, hat er eine volle Stunde darauf verwandt, sich *nicht* eine Frauengestalt vorzustellen mit Augen wie auf einem kubistischen Gemälde en face, der Nase en profil und einer Spitzenbluse, deren Details noch ausdrucksvoller waren als das ganze Gesicht. Heute morgen dagegen denkt er nach. Hier, in dem weißen, desinfizierten Raum klappt es noch gut mit der Denkerei, weil es seinen Fingern, die vollkommen daran gewöhnt sind, mit seinem Kopf zusammenzuarbeiten, auch jetzt rein aus Routine gelingt, diesen Kopf kühl zu halten.

Er legt die Zange weg und geht zu der Wand mit den Fotos und Scans. Die beiden jungen Leute folgen ihm neugierig. Sorgfältig studiert er noch einmal das in dünnen Scheiben durchleuchtete Innere des Labradors sowie den begleitenden Bericht.

»Ruft mal den Radiologen.«

Weil es etwas dauern kann, bis der Radiologe aus der Polyklinik herbeigetrommelt ist, stellen sich die beiden Famulanten an eine der Glasscheiben, um einer anderen Operation zuzuschauen. Vincent bleibt beim Hund. Im Raum herrscht völlige Stille, man hört nichts außer dem schweren Seufzen aus dem Beatmungsgerät am Kopf des Labradors. Ein altes Tier, mit einer grauen, durchfurchten Stirn, schlappen Ohren und Augen, die in vorgewölbten Höhlen wie bei einem Toten halb geöffnet sind. Daß die ohnehin schwere Operation sich jetzt noch länger hinzieht, ist wirklich nicht günstig. »Das ist wirklich blöd für dich«, sagt Vincent nach einem Blick auf den Blutdruckmesser.

Das Tier zeigt Verständnis.

»Ist schon gut.« Müde Stimme, auch ein wenig nachsichtig. »Das war wirklich kein Leben mehr in letzter Zeit. Ich hab nichts anderes getan als trinken, pinkeln, trinken, pinkeln. Das ist doch kein Leben mehr. Diesen Hängebauch kann ich ja noch akzeptieren, mein Alter entschuldigt mich dafür, aber was mich wirklich stört, ist diese Schlappheit, dieses öde Gefühl im Kopf. Seit dem letzten Sommer...«

»Morbus Cushing«, unterbricht Vincent ihn.

»Seit dem letzten Sommer entgleitet mir jeder Gedanke.«

»Ja, das ist lästig. Aber das Gegenteil ist auch nicht angenehm. Ich habe zu viele Gedanken.«

»Sie haben zu viele?«

»Ja. Sie lassen mich keine Sekunde in Ruhe, und sie drehen sich alle um denselben Punkt.«

»Wie wenn man um den Block geht, wie ein ewiger Spaziergang von und nach Hause.«

»So was, ja.«

»Aber worum drehen sie sich denn, Ihre Gedanken?«

»Äh, um eine Frau.«

Herrgott noch mal, denkt Vincent, das klingt ja zu blöd. Tatsächlich erfolgt keine Reaktion. Wieder ist das einzige, was er hört, das Seufzen, das gleichsam unabhängig von den Hundelungen aus dem Gerät zu seiner Linken kommt. Um es zu durchbrechen, sagt er: »Kannst du dir vorstellen, daß man von einer Frau besessen ist, die man noch nie gesehen hat, deren täglichem Tun und Treiben man aber durch einen Zufall auf die Spur gekommen ist?«

»Natürlich«, sagt der andere gleichgültig. »So was kommt vor im Leben.«

»In einer Nacht, in der man sich nur mal kurz die

Beine vertreten will, setzt sie sich in deinem Kopf fest, sie und ihre Termine, die trippeln, wohin du auch gehst, hinter dir her, Friseure, Gärtner, Automechaniker, sie spuken in deinen Gedanken herum, in immer engeren Kreisen, und einer von diesen Leuten, hm, ja, bist du selbst.«

Sie schweigen. Vincent schaut auf die Uhr, seine Hände stecken noch immer in dünnen Gummihandschuhen.

»Ich habe eine hübsche Frau«, sagt er dann, »eine kleine Tochter, die Leute, mit denen ich zu tun habe, sind freundliche und manchmal auch ziemlich eigenartige Persönlichkeiten. Was fehlt mir also, frage ich dich?«

»Vielleicht nichts. Einfach abwarten kann nichts schaden. Kommen tut sie so oder so, eine sehr bequeme Situation, wie ich es sehe, und dann kann sich immer noch herausstellen, daß es Ihnen um etwas anderes ging. Jeder hat so seine angeborenen Sehnsüchte. Man jagt von Zeit zu Zeit etwas Unmöglichem nach, vor allem wenn es um Frauen geht. Ich erinnere mich, daß ich einmal, an einem Herbstabend ...« Der Labrador zögert. Anstatt seinen Satz zu beenden, schließt er kühl: »Wir sind komplizierter, als wir denken.«

Kopfnicken von Vincent.

»Das glaube ich auch.«

»Wir realisieren nur einen ganz kleinen Teil von uns selbst.«

»In der Tat.«

Wieder schweigen sie. In der Ferne ertönt ein scharfer Knall, als schlage eine Eisentür zu. In aller Ruhe leisten sie einander Gesellschaft, als der Radiologe mit sterilen Überzügen um die Schuhe den Raum betritt.

»Hallo!«

»Guten Tag!«

Die beiden Männer gehen sofort zu den Aufnahmen. Auch die Famulanten sind wieder näher gekommen und recken lernbegierig die Hälse. Vincent erklärt, er zweifle daran, ob der Röntgenbericht die Stelle, wo der Tumor zu finden ist, korrekt angibt.

Der Radiologe hört mit heiterer, gescheiter Miene zu.

»Er sitzt da, wo ich ihn beschrieben habe.«

»Ich frage mich sogar, ob das Ding überhaupt da ist.«

»Das ist merkwürdig.«

Verwunderung auf beiden Seiten und ein Problem, das nach etwa zehn Minuten, wenn auch nicht gelöst, so doch aufgeklärt wird. Das Innere dieses Patienten ist nicht, wie der Radiologe erfahren hatte, vor kurzem, sondern bei einer Jahre zurückliegenden Operation völlig durcheinandergebracht worden und hat sich dann mit Narbengewebe überzogen.

»Hättest du das nicht sagen können?« fragt Vincent, als sich der Radiologe wieder entfernt hat. Er ist schon wieder an der Arbeit. In der Erwartung, die zwischen den Verwachsungen verborgene Geschwulst jetzt jeden Moment zu sehen, gräbt er mit Schere und Zange links von der Bauchspeicheldrüse vorsichtig weiter.

»Das hat sich in unserem Gespräch nicht ergeben.« Einen Augenblick bleibt es still, dann folgt, etwas unartikuliert: »Haustiere sind auch ziemlich dumm.«

»Finde ich nicht«, sagt Vincent, dem auffällt, daß die Stimme noch müder klingt als vorhin und außerdem ein wenig heiser. Er sieht auf. »Wie ist der Puls?« fragt er einen der Famulanten.

Der Hund hat zu kämpfen.

»Nein«, wiederholt er murmelnd, »das finde ich wirklich nicht.« Tief im leuchtenden Rot beginnt sich die Geschwulst jetzt mit einem Durchmesser von etwa drei Zentimetern abzuzeichnen. Er bittet um die kleine Schere.

»Mir scheint«, mischt sich der andere wieder ein, »daß ihr euch einfach täuscht, wenn wir mit der Zeitung im Maul ankommen. Halten Sie uns wirklich für klug, wenn wir uns auf ein Wort hin sofort ordentlich hinsetzen? Kuschen? Dazu kann ich nur eins sagen:

Verehrter Herr Doktor, das ist nicht klug, sondern dumm. Diese unreifen Verrichtungen, die im Kern unmöglich von uns zu beherrschen sind, gehen auf Kosten unserer Intelligenz, die natürlich in ganz anderen Bereichen glänzt. Was war doch noch gleich eure Meinung zu diesen drei in der Wildnis aufgewachsenen Wolfskindern? Wir fanden, sie gehörten zum brillantesten Menschenschlag, der uns je untergekommen ist. Haarig, schnell. Auch prägnant kommunizierend, für Menschen überraschend exakt und außerdem: wie wir nur im Extremfall mündlich.«

Der Labrador zuckt, als müsse er husten. Dann: »In Anbetracht ihres Kehlmechanismus haben sie im übrigen ganz nett gebrummt, gebellt und geheult.«

»Ja, gut so«, sagt Vincent, der jetzt den violettblauen Klumpen losschneidet. Seine Augen sind kühl. Hier, im ersten Stock der Universitätsklinik, fühlt er sich gut, auch in seinem Sprechzimmer zu Hause ist er im übrigen gern. Ein nicht nachlassendes Interesse, Freude an der Arbeit, die sich sogar nach zwanzig Jahren noch mit einem kleinen, durchaus glücklichen Begleitumstand in Verbindung bringen läßt. »Diese Schweigsamkeit bei euch.«

Er streckt die Hand aus. Als er ein paar kleine Adern verschweißt, hat er schon angefangen, von seiner Frau zu erzählen, die, zufällig, gerade ein Mensch ist, der auf die Psyche ausgerichtete tiefsinnige Gespräche angenehm und sinnvoll findet.

»In dieser Hinsicht passen wir nicht so gut zusammen. Und trotzdem ist unsere Liebe eine große Liebe, keineswegs von vorübergehender Natur, selbst jetzt wage ich das noch zu behaupten. Aber warum gibt sich meine Frau soviel Mühe? Manchmal ist es geradezu so, als wolle sie eine komplette Sammlung von mir anlegen. Wenn ich nach Hause komme, zieht sie eine Augenbraue hoch und setzt sich mir gegenüber hin. So etwas kann sehr gemütlich sein, aber was mir gegen den Strich geht, ist das Ohr, das sie oft wie eine Lupe auf meine Äußerungen richtet, etwas damit herauspickt und es dann, grauenvoll hohl und aufgebläht natürlich, für hübsch genug befindet, um es einzurahmen und in ihrer Seele anzunageln. Möchtest du denn nicht zu jemandem gehören, wirst du jetzt fragen, aber eigentlich möchte ich das schon. Ich weiß nur diese Heiligenbilder meines wahren Ichs und ihre Verteilung nicht besonders zu schätzen.«

»Wie bitte? Heiligenbilder verteilen?«

Auf dem Korridor hört ein Telefon, das sehr lange geklingelt hat, endlich auf.

»Ich bin nicht so scharf darauf«, sagt Vincent leicht zerstreut, weil er jetzt dabei ist, den Tumor endgültig aus dem ihn umgebenden Gewebe zu entfernen. »Was du erlebst, erlebst du allein, das ist einfach so, und in ganz besonderen Augenblicken ist manchmal noch jemand dabei. Ich denke dann an gar nichts, und jeder Versuch, mich zum Reden zu bewegen, hat eine schrecklich deprimierende Wirkung auf mich, ich komme mir vor wie eine Null, ich habe das Gefühl, daß mein Leben nicht die Bohne wert ist. Manchmal habe ich Lust, sie auf die übelste Weise zu beschimpfen. Verstehst du das?«

Er betrachtet den Klumpen, den er mit der Zange hochhält.

»Ich glaube schon.« Der andere zögert, dann: »Denken in Worten, tja. Schauen in Sprache, och. Auf diese Weise wird die Welt doch sehr gewöhnlich. Herzen, die zu allem möglichen Schönen bestimmt sind, vergeuden ihre besten Talente damit, Gesprachsstoff durchzukauen.«

Die beiden Famulanten recken die Hälse. Einer von ihnen hält ihm eine Schale hin.

»So sehe ich es auch.«

»Ist Ihnen schon mal aufgefallen, daß wir in einer Zeit ohne Stolz leben?«

»Ja, persönliche Einsamkeit ist aus der Mode. Warum lachst du?«

»Ich lache doch gar nicht. Ich versuche, meinen Husten zu unterdrücken.«

Vincent wirft einen Blick auf die Anzeigen am Narkoseapparat. Er beeilt sich, die Muskelschicht zuzunähen. Der Hund scheint ein bißchen zum Bewußtsein zu kommen.

»Noch einen Moment. Das dauert alles länger als geplant. Du spürst doch nichts?«

»Ich spüre Schmerzen, aber es stört mich nicht.«

Das Telefon auf dem Korridor klingelt wieder, aber jetzt geht jemand dran. Eine Männerstimme brüllt: »Ja!« und erstattet dann in gedämpfterem Ton Bericht von einer Operation, die einen riskanten Verlauf hat, leider.

Schläuche, Röhrchen und der Tropf werden unterdessen von den beiden Famulanten entfernt. Vincent zieht seinen Mundschutz herunter.

»Wir werden dich in den nächsten zweiundsiebzig Stunden sehr gut überwachen müssen.«

»Zweiundsiebzig Stunden, gut, Sie glauben also, daß ich die noch schaffe.«

»Hast du da Bedenken?«

»Verzeihung, ich bin sehr müde.«

Die beiden Famulanten heben den Labrador auf eine fahrbare Trage und rollen sie zu den Klapptüren. Als Vincent seine Haube vom Kopf nimmt, scheint es, als tue er das mit einer leichten Verbeugung. Er geht in den Umkleideraum, zum Lift, zum Parkplatz. Es ist fast sechs. Die Sonne steht tief hinter den Pappeln. Wenn der Berufsverkehr nicht allzu schlimm wird, kann er in einer Stunde zu Hause sein.

»Leb wohl«, sagt er noch, als er in sein Auto steigt. Danach driften seine Gedanken wieder in eine andere Richtung.

17

Als er vor fünf Jahren nach Hause kam, lag sie im Bett. Es war ihm entfallen, daß sie sich an diesem Nachmittag mit seinem Onkel verabredet hatte, einem unsympathischen Typen, für den er noch nicht mal die kleinste Rolle in seiner Lebensgeschichte in petto hatte. Er fand, unter anderem, daß der Mann unangenehme Augen hatte und eine unangenehme Nase aus ziemlich kindlichem, dickem weißem Fleisch. Also? Warum sollte man sich so jemanden ins Haus holen, geschweige denn ihm erlauben, dort etwas zu verändern? Trotzdem stand, als er an dem Tag nach Hause kam, ein Eimer auf dem Flur, und Sonja hing dösig vor dem Fernseher. Auch Noor sah anders aus. Er war die Treppe hinaufgegangen (war oben auf ihre hauchdünne Strumpfhose getreten), die Vorhänge waren aufgezogen. Sie lag im Bett, magerer geworden.

»Ist was passiert?« fragte er.

Nein, natürlich nicht. Sie sah ihn bläßlich an, machte eine Geste, er griff rasch nach der blauen Schüssel, die neben dem Bett auf dem Fußboden stand, aber als sie kotzen wollte, kam nichts.

»So ein Affentheater«, sagte sie.

»Hast du was Falsches gegessen?«

»Ja, ich glaube schon.«

Später am Abend schaute er im dunklen Zimmer nach ihr, sie wollte das Licht nicht anhaben.

»Ja, waren wir«, antwortete sie auf seine Frage und sagte, die Blumenwagen hätten sehr schön ausgesehen. Sie und der Onkel hätten hinterher hier unten noch ein wenig geplaudert.

Während er spürte, daß sie im Dunklen von ihm wegschaute, sah er die beiden für einen Moment deutlich vor sich, natürlich ohne zu wissen, wie die Dinge sich an dem niedrigen Tisch mit der Glasplatte genau zugetragen hatten. Die gastfreundliche Noor und Theo, der wie aufgezogen auf sie einredete (mit kleinen Verheimlichungen, genau dort plaziert, wo die Geschichte bei früheren Gelegenheiten bereits entsprechend ausgemalt worden war), als ginge er mit seiner Seele hausieren. Was die wohl wert war? Eine

Seele ist ein hübsches Ding, in dem sich alles mögliche befindet, doch was sehr durstig ist, schwillt an. Theo hatte sie von unten her angesehen. Mißmut kann zu glühen beginnen. Wie Ärger den Organismus eines Menschen doch giftig und auf die Dauer nicht ohne bestimmte Kräfte durchsetzen kann! Theo sah die Frau seines Neffen mit schmerzlichem, aber auch etwas verwundertem Lächeln an, und an dieser Verwunderung ist nichts auszusetzen. Sie war nur allzu bereit gewesen, einen gewissen süßen und grausamen Inhalt in sich aufzunehmen. (Daher sagte er einfach, wie's war. Hatte er etwa mit wütendem Protest gerechnet? Eine Sekunde lang hing sein Neid wie ein Spuk im Nichts.)

»Geht's dir immer noch nicht gut?« fragte Vincent, als er am Montag merkte, daß sie an dem Tag überhaupt nichts gegessen hatte.

»Ich versteh's auch nicht«, antwortete sie aus ihren Decken heraus. »Sehe ich sehr gräßlich aus?«

Es war eine Virusinfektion. Der Hausarzt, der netterweise am Dienstagabend noch kurz hereinschaute, stellte eine harmlose Streptokokkeninfektion des Typs fest, der momentan »überall grassierte«, und schrieb ein Rezept für die Nachtapotheke aus.

»Sag doch mal«, fragte Noor ihn, wie selbstverständlich ihren Fiebertraum der Nacht von Dienstag auf

Mittwoch weiterspinnend. »Wann genau hast du eigentlich angefangen, mich zu betrügen?« Und einen Tag später beharrte sie auf ihrer Frage mit einem neuen Blick in den Augen und insistierte mit einer Reihe verblüffender, schockierender Details.

Er fragte, wie sie darauf käme.

Sie sagte es ihm.

Daraufhin sah sie ihn wieder so komisch an, und um genau zu sein: Es war schon wieder Abend. Dazu ein Hundewetter. Es war Anfang Mai, ein unseliger Sturm raste über das Dorf und die Felder, die alle kahl waren, seit man die Blumen geköpft hatte. Trotzdem wurde ein später Besucher in ihr Haus beordert, ein Mann in einem kamelfarbenen Regenmantel, Hut auf dem Kopf, klingelte und wurde von Vincent ins Wohnzimmer eingelassen, woraufhin ein Gespräch voll wahnsinniger, von Regengüssen übertönter Pausen stattfand.

Es folgte die Szene im Schlafzimmer, wo Noor im Bett lag und wohl auch mehr oder weniger den Erklärungen lauschte, die aus dem Fleck eines rosa, bekümmerten Gesichts auf sie zutrieben. Aber trotzdem, es gibt Dinge, und zuweilen sind das schnelle, absurde und nicht einmal sehr glaubhafte Dinge, die dem Leben ein für allemal eine andere Färbung oder Richtung geben können.

Angestarrt von Vincent (am Türpfosten) und Noor (frontal im Bett), lief der Besucher feuerrot an und keuchte ein wenig.

Sie habe das alles viel zu persönlich genommen.

6. Mai

18

»Was für ein Tag«, murmelt Vincent, als er am sechsten Mai schon in der Neude im Stau landet. Es hat geregnet, jetzt beginnt die Sonne wieder zu scheinen, und die Stadt nimmt die verrücktesten Farben an. Die Fassaden zu seiner Rechten sind zyklamrosa getönt, das Laub der Bäume am parallel zur Straße verlaufenden Weg besteht ganz aus blauen bis blauvioletten Tupfern, unter den langsam anfahrenden Autos gibt es welche, die einen blenden mit ihren in allen Regenbogenfarben flammenden Dächern. Es kommt ihm vor, als träume er und als habe sein Traum (wie es oft geschieht) den Ton des vergangenen Tages aufgegriffen und sich damit, alles umkehrend, aus dem Staube gemacht. Er ist müde, irrsinnig müde. Die Arbeit in der Klinik war das eine und an sich gar nicht schlimm, aber da war auch noch die Verabredung, in aller Intensität, die Verabredung für morgen, die heute von einer Sekunde zur nächsten ohne einen Atemzug Ruhe präsent war.

Die Straße biegt ab. Die Überführung ragt auf. Auf der Schnellstraße, wo er endlich mit Vollgas die äußerste linke Spur nehmen kann, versucht er, seine Unrast zu dämpfen, indem er an zu Hause denkt. Seine Tochter Sonja. Und das Kätzchen. Und die Morgensonne. Und eine frühe Fliege. Ach, wie kurz ist es her, seit er ihr kleine Geschichten erzählte!

So schaltet er, bremst und gibt Gas, Vincent, und das fällt ihm leicht, aber schon bald steht ihm der Sinn nicht mehr nach dem, was er einst mit soviel Freude ersonnen hat. Unbeholfene Abenteuer, die sich ein schüchterner Mann aus den Fingern gesogen hat. Schön aber, daß Vater wie Tochter gleichermaßen auf das erpicht waren, was drei niedliche Entchen, verfolgt von einem garstigen Iltis, alles erlebten, als sie hinter der Biegung des Wassergrabens ... Ist es vorstellbar, ist es so schwer, sich auszudenken, welcher Plot ihm jetzt, beim Nachhausekommen, einfallen würde?

... Es war einmal ein Mann, der auf eine Frau wartete. Er hatte sie noch nie gesehen, aber er wußte, daß sie die geheime Flamme war, die es im Leben jedes Mannes gibt und der dann und wann einer, ein Glückspilz, auch in Wirklichkeit begegnet. Also wartete er, und Warten macht, wie jeder weiß, verrückt. Denn anstatt sich zu beeilen, wie es selbstverständlich sein müßte, gräbt die Zeit die Hacken in den Sand, und was tun die Gedanken dann? Die schießen einen Meter oder so voraus, werden dann aber wieder zurückbeordert. Sie schießen voraus und werden wieder zurückgeholt. So etwas, mußt du dir vorstellen, passierte auch mit dem Mann. Und weder Himmel noch Erde, weder Frau noch Kind noch Haus noch Herd konnten verhindern, daß er sich unterdessen ein Bild von der Geliebten machte, die ihm bereits gehörte, denn Verliebtheit ist: wahrnehmen, und zwar auf die allerschärfste Weise. Nun gibt es auf der Welt unzählige Frauengesichter und unzählige Frauenstimmen, und alle haben sie etwas gemeinsam. (Sein Fuß schießt zum Bremspedal, ein Lastwagen versucht, einen anderen Lastwagen zu überholen.)

Ist es denn so abwegig, daß Vincent Lukas sich seine abwesende Freundin mehr als einmal mit Noors zarter Haut und feinem Profil vorstellt? Oder auch: daß er, während er Noor anschaut, die warme Haarpracht, die über die Schulter der einen fällt, als Beweis für die andere auffaßt?

Als er den Weg neben seinem Haus hinauffährt, pfeift er scharf durch die Zähne, denn ihm fällt ein – plötzlich, ja –, daß die beiden Handschriften sich ähneln. Jawohl, das spitz geschriebene *Frau Meeuwenoord* entspricht perfekt den ebenfalls spitz geschriebenen Notizen einer anderen Hand, und das einzige Wunder daran ist, daß es ihm erst jetzt auffällt. Ich täusche mich nicht, denkt Vincent, während er das Auto abschließt.

Noor steht in Hose und rotem Pulli neben der Flurtür, durch die ein Lichtbündel der niedrig stehenden Sonne genau in den Spiegel fällt. Sie begrüßt ihren Mann herzlich aus dem Glas heraus. Während sie an ihrem Ohrring dreht, bemerkt sie, der Regen sei jetzt wohl zum Glück vorbei.

»Wo gehst du hin?« fragt sie.

Er geht weiter. »Schnell mal was nachsehen.«

Mit einer neugierigen Grimasse öffnet er die Tür zur Praxis und entdeckt hinter dem Empfangstresen seine Tochter Sonja am Computer.

Das Mädchen lacht seinem Vater zu, der näher kommt und, wenn er wollte, auf dem Monitor dies sehen könnte: zwei ulkige Comicfiguren, zwei kleine Ikonen, und daneben eine Reihe von Fragen und Antworten, doch warum sollte er wollen? Freundlich gestimmt steht er lieber einen Moment in der Nähe seines Lieblings, der, anstatt zu fragen: »Was hat der Iltis gemacht?« ganz leicht mit den Fingern die Tasten berührt. Das Bild verspringt. Also, wenn Vincent wollte, könnte er jetzt einem Teil einer Konversation von ganz eigener, rein imaginärer Art folgen, in die sich noch keinerlei Tradition eingemischt hat. Doch warum sollte er? Ein Schulmädchen und ein Marineoffizier führen ein komplexes Gespräch, das auf einem unkomplizierten Prinzip beruht: Es besteht keine Absicht, sich in der Realität zu begegnen.

Er geht zum Fenster, den Kopf väterlich über sein modernes Kind schüttelnd. Anstatt zu antworten: »Der Iltis lauerte im Morast verborgen«, dreht er sich um und macht ein interessiertes Gesicht.

»Wie geht's Simon the Sailorman?«

Keine Antwort. Eine der kleinen Ikonen hat den Gesichtsausdruck verändert. Flinke Finger tippen etwas. (»Wie doof du aussiehst.«)

Ein Schulkind in einem blauen Kleid; Tierposter an den Wänden; über der Häuserreihe gegenüber ein massives Stück Himmel, das die Zeit zwischen jetzt und morgen überspannt. Der sicherlich idyllische Wortwechsel zwei Meter von ihm entfernt interessiert ihn inzwischen nicht mehr.

»He, jetzt seh ich's. Du arbeitest wohl mit dem 4.5er?«

»Nein, mit dem 4.3er.«

»Mit dem Programm 4.2 zeige ich ein überaus schönes Antlitz.«

»So? Na, bei mir hast du eher so 'ne Art Wolfsgrinsen.«

»Wie? Was? Wolfsgrinsen?«

»Ist egal. Wir sprechen jetzt über dich und dein Schiff.«

»Wo waren wir?«

»Ihr fuhrt mit dem Tanker auf einem Fluß, der früher Kongofluß hieß, unterwegs zu einer Raffinerie im Busch.«

»Ach ja.«

»Anfangs ging alles gut. Weil der philippinische Koch so 'nen Fraß kochte, habt ihr eben selbst angefangen, auf dem Zwischendeck zu grillen.«

»Mjamm.«

»Genug Brennstoff, wette ich, habt ihr im Laderaum ja gehabt. Aber nach vier Tagen seid ihr in die Stille hineingefahren, und das Wasser sah nicht mehr wie Wasser aus und die Luft nicht mehr wie Luft, und die Ufer schienen auf euch zuzuwachsen ...«

»Ja, verdammt noch mal. Und als nachts die Trommelei anfing, fiel uns das Herz über Bord. Da zu sein, man sicht's nicht ein, in so 'nem Moment.«

»Und am nächsten Morgen, nehme ich an: Kampfgeschrei?«

»Ja. Stell dir das mal vor, zwei kriegerische Stämme, die einander über den Fluß hinweg mit der Waffe der Wildnis bekämpfen.«

»Das heißt, Pfeil und Bogen?«

»In der Tat.«

»Und, natürlich: brennend?«

»Ja. Und dazwischen also unser Schiff.«

»Ein Gastanker.«

»Wohlgemerkt!«

»Na, vielleicht waren die Pfeile ja einfach für euch bestimmt. Vielleicht haben sie gedacht: Schon wieder diese Scheißbelgier.«

»Vielleicht. Schon möglich. Die Dunklen feuerten mit Flammenpfeilen auf 14600 Tonnen schwimmendes Propan. Wow, bist du böse geworden?«

»Nein, ich hab nur ein Gesicht ausprobiert.«

»Dürfte gern etwas lieblicher sein.«

»So?«

»Äh ... nein.«

»So?«

»Oh ... süß!«

»Soll ich's so lassen?«

»Ich krieg mich nicht mehr ein.«

19

Sie erholte sich rasch. So ein Grippeinfekt ist nach fünf Tagen vorbei, man muß dann nur noch die Tabletten bis zu Ende nehmen. Angeschlagen, aber sehr liebenswert lief sie wieder herum, im Dorf gewann man wegen ihrer tief ausgeschnittenen, oben etwas weiten Blusen und dem fest angezogenen Gürtel, der ihre Hose festhalten sollte, den Eindruck, sie tue etwas für ihre Linie. Man konnte es nur als Pech bezeichnen, daß sie sich Ende Mai nach einer Fahrt mit dem Rad den Knöchel verstauchte und kurz danach eine schwierig zu behandelnde Blasenentzündung zuzog, die sie zwei nichtssagende Wochen lang ans Haus fesselte, obwohl herrliches Strandwetter war. Offiziell arbeitete sie damals noch in einer Anwaltskanzlei im Gooweg, doch jeder in ihrer Umgebung spürte, daß etwas sie unter den gegebenen Umständen nach anderen Betätigungen Ausschau halten ließ.

Vincent gewöhnte sich im Laufe dieses Sommers an seine etwas veränderte Frau, was blieb ihm auch anderes übrig. Sogar an diesem einen ständigen Gesprächsthema, in das sie ihn in den verrücktesten Momenten verwickelte, störte er sich nicht mehr. Die Dialoge hatten, so meinte er, nicht viel mit der Wirklichkeit zu tun und würden daher eines Tages auch aufhören.

»Hast du gedacht, ich hätte es auch nur eine Minute lang geglaubt?« fing sie zum Beispiel an, als sie zu dritt im Auto vom Meer zurückkamen. Früher Abend. Offene Fenster. Sonja schlief auf der Rückbank. »Ich hätte nicht gespürt, daß es einfach gelogen war?«

»Ja, ja«, murmelte er und nahm um einen Sekundenbruchteil später, als es die Sicherheit eigentlich erfordert hätte, vor der S-Kurve das Gas weg. Die Achse der Straße. Rechts der Randstreifen und ein Stück dahinter die rostfarbenen Felder, soweit das Auge reichte. Die Oude Zeestraat war um diese Zeit angenehm ruhig.

»Kein Wort davon wahr, nicht?« Das war später in derselben Woche, zu Hause.

»Nein.«

Sie hatten Freunde zum Essen dagehabt.

»Als ob du – ich meine, das sieht dir doch überhaupt nicht ähnlich?«

»Glaub nicht, nein.«

Sie waren mit Gläsern und Flaschen in den Händen auf dem Weg vom Wohnzimmer in die Küche, und plötzlich hatte sie sich zu ihm umgedreht. Er jedoch mied ihr Gesicht. Augen, kleiner Mund, feste Formen, mit einer Stimmung dahinter, die er ihr an diesem Abend glaubte.

»Versprich‘s mir…«

Er sagte ja.

»Versprich’s mir…«

Er küßte sie, er brachte ihr Dahlien mit, anstatt besser wurde ihr Zustand immer miserabler, und als der Dezember gekommen war, hatte sie noch immer keinen anderen Job, weil sie die ganze Zeit so gekränkelt hatte. Regen, dann die grauweißen Wintertage. Auf den reifbedeckten Dächern gegenüber sah sie jeden Morgen den schwarzen Tumult eines Krähenschwarms niedergehen.

»Du warst nicht mal wütend, nicht? Vielleicht doch in deiner Männlichkeit geschmeichelt?«

»Na, es hat mir ganz schön gestunken.«

»Ich hab mich manchmal gefragt, was da eigentlich dahintersteckte. Du nicht?«

Sie überließ das Haus jetzt dem Dienstmädchen. Sie kümmerte sich noch sehr lieb um Sonja, war Mutter genug, um mit dem Kind zu spielen, über die Schule zu lachen, doch mit dem Haushalt gab sie sich nicht mehr ab. Gegen ihre Möbel schien sie sogar eine bestimmte Abneigung zu haben. Wenn Diamantina de Fatima mit der Sprühdose darauf losging, rutschte sie schnell vom Sofa.

»Doch. Aber ich finde, ehrlich gesagt, daß du jetzt allmählich davon aufhören solltest.«

Es ging auf Ende April zu. Das Haus nahm wieder den frühsommerlichen Hyazinthenduft in sich auf. Es war ungefähr zu dieser Zeit, daß Vincent eine Professur an der Fakultät für Veterinärmedizin in Utrecht angetragen wurde. Geehrt, aber völlig ruhig, fast schon gleichgültig, beschränkte er sich in seiner ersten, unmittelbaren Reaktion auf diesen Gedanken: Ich werde mit ihr darüber reden. Ich werde endlich mit ihr darüber reden, es wird wahrhaftig Zeit!

So geschah es, noch am selben Abend. Zuerst stotterte er ein wenig herum, und zwar, als er die Professur zur Sprache brachte, aber gleich dazusagte, daß seine Wünsche eigentlich in eine andere Richtung gingen.

»So?« murmelte sie und fragte, woran er dächte.

So kamen sie ins Gespräch an jenem Abend, ein gut laufendes Gespräch, das, soweit es Vincent betraf, in der Hauptsache aus dem großen Wunsch bestand, der ihn überkommen hatte, ihr für immer eine Freude zu bereiten. »Ja, Noor! ...« sagte er alle naslang, und er sagte auch: »Es gibt genug Hunde und Katzen!« und nannte den Mittwoch und den Freitag. Als sie den Wintergarten und das Nebenzimmer erwähnte, die nach einem Umbau einen idealen Raum abgäben, hob er ermutigend den Arm. Sie schlüpfte aus ihren Schuhen und schlug die Beine unter. In dem Moment, als er das Wort »Assistentin« aussprach und sagte, ein Diplom würde sie höchstens ein Jahr kosten, wurden ihre Wangen feuerrot.

7. Mai

20

Sie bekam die Verfügungsgewalt über seinen Terminkalender, ein festes Buch mit rotem Einband, in dem sie seine Termine, von ihr verwaltet, in einer hingebungsvollen Handschrift notierte. Ging es ihr jetzt besser? Zweifellos. Im Dorf sah man sie in zuweilen etwas knapper Kleidung herumlaufen. Und daheim war sie ganz die Hausherrin, die allerbeste Noor, das heißt, wir wollen nicht übertreiben: beinahe. Und nur für den, der nicht allzu genau hinsah und vergaß oder vergessen wollte, daß es Verletzungen gibt, die ein Leben lang fortwirken können. In der Praxis, die im Wechsel mit einer anderen im Dorf an zwei Tagen in der Woche geöffnet war, hatte sie überraschend schnell den Bogen raus. Überraschend, ja, weil niemand an ihrem gleichmütigen Gesicht ablesen konnte, daß es in Wirklichkeit um etwas anderes ging als die Pathologie von Haustieren. Und das war: die Abmachung zwischen ihr und ihrem Mann, versteckt, nie ausgesprochen und dennoch, wie sie beide wußten, bindend.

Daß er sie sein Leben lang nicht betrügen würde. Und daß sie das glauben würde.

21

Es ist der Morgen der Begegnung. Vincent hat miserabel geschlafen. Er ist gegen sechs Uhr aufgewacht, ist noch kurz liegengeblieben, dann aber doch aufgestanden, hat sich angezogen und in der Küche Tee gekocht. Die Familie fand ihn eine Stunde später in die Zeitung vertieft vor. Danach ging alles seinen gewohnten Gang. Noor verschwand nach einem effizienten Frühstück schon mal in die Praxis, das Dienstmädchen erschien durch die hintere Haustür, schob mit dem Fuß die Matte zurecht und lachte den Hausherrn und das Kind an. Als Vincent um fünf vor neun, in den Arztkittel schlüpfend, auf den Flur tritt, kommt durch die vordere Haustür gerade eine Frau mit einer heftig jammernden Katze herein. Das Tier miaut nicht oder klagt nicht, wie man das kennt, im Ton eines Kindes, sondern stößt aus tiefster Kehle ein sonores, fast männliches Gebrüll aus. Ihm ist sofort klar, daß sie es ist. Sie stößt mit der einen Hand die ziemlich schwere, von selbst schließende Tür auf und drückt mit der anderen die Katze an die Brust. Die Tierbesitzerin und der Arzt nicken sich zu, wobei erstere nicht weiß, daß sie, eine Spannungsgrenze überschreitend, die eine Realität an die andere fügt, wobei noch die Frage ist, ob die beiden Hälften je zueinander passen werden. Der Arzt weiß nicht, wo sein Fieber und seine Erregung geblieben sind.

Die Nacht war noch davon erfüllt gewesen. Gegen eins hatte er die Decken auf seiner Bettseite von sich geschoben. Die Fenster waren geöffnet, die Wärme steckte offenbar in ihm selbst, draußen strömte von neuem der Regen. Da, fast schlafend, aber mit einem unverminderten Interesse an der morgigen Begegnung, die ihm realer vorkam als je zuvor, hörte er wieder einmal einen Funkstreifenwagen vorbeirasen. Das Martinshorn gellte dermaßen, daß er hochschoß, sich auf den Bettrand setzte, sich durchs Haar fuhr und unwillkürlich an das Autowrack zurückdachte, an dem er im November im Schrittempo vorbeigefahren war. Dadurch, daß die Seite des Wagens völlig verschwunden war, demonstrierte der unversehrte rechte Sitz, komplett mit Handschuh und einer noch zusammengefalteten Zeitung, merkwürdig arglos seine Ansprüche auf Behaglichkeit. Er ging ins Badezimmer, zog die Schlafanzugjacke aus, rieb sich mit einem nassen Handtuch über Brust und Achseln und fand, daß er die blauen Blinklichter ein Stück weiter nun einfach vergessen sollte, genauso wie den gelben Kranwagen und den schwarzen Metallgreifer. Auf dem Randstreifen hatte ein Schemen in einer grün fluoreszierenden Jacke den Arm bedächtig auf und ab bewegt.

Er läßt ihr an der Tür zum Wartezimmer den Vortritt.

Sie geht vor ihm zum Empfangstresen. Noor, in weißem Kittel und ordentlich frisiert, schaut auf, lacht erst die Tierhalterin, dann die Katze an und stellt die erste Frage, woraufhin das Tier erneut zu schreien beginnt. Sie wiederholt ihre Frage daher lauter und langsamer mit einer Stimme, die genauso eindringlich und genauso unbeirrbar ist wie ihre Stimme in der vergangenen Nacht.

Sie war von der Sirene nicht aufgewacht. Man kann sich darüber wundern, wie ein empfindliches Geschöpf, das tagsüber wie das feinste Meßgerät auf alles in seiner Umgebung reagiert, sich in der Dunkelheit so verschließen kann, doch Vincent wunderte sich nicht mehr. Sie unterbrach ihren Schlaf nicht, nicht einmal, um ein Gespräch zu führen. Es wird vielleicht eine Stunde später gewesen sein, gerade als er fühlte, daß er allmählich wegdriftete, da hörte er, wie sie sich leise räusperte, und merkte, daß sie sich zu ihm drehte. Dann begann ihre Geschichte, die diesmal über ein überlebensgroßes menschliches Wesen ging, einen Mann oder eine Frau aus Stein, die man aus den tiefsten Tiefen eines sehr alten Bergwerks ausgegraben hatte undsoweiter undsofort, er glaubte, dieses Gebabbel bereits zu kennen. »Hör auf«, sagte er. »Laß mich bitte schlafen.«

»Gut«, sagte sie. »Ich dreh mich zum Fenster.«

Das tat sie, blieb einen Augenblick still, sagte dann: »Riechst du's auch?« und wartete auf seine Reaktion.

»Ja«, sagte er. »Ich rieche es auch.«

»Hyazinthen«, sagte sie, und er hörte sie schnuppern.

Er schaute über ihre unordentliche Silhouette hinweg zum Quadrat des Fensters.

»Eigenartig«, sagte er.

»Was ist denn da eigenartig dran«, sagte sie.

Er schluckte. Ihre Widerrede deprimierte ihn auf eine bestimmte Weise.

»Es ist eigenartig«, sagte er, »weil die Saison vorbei ist und man fast keine Hyazinthe mehr auf den Feldern findet.«

»Hm«, sagte sie, »der Duft ist aber so stark, daß man schwören könnte, da hinten läuft ein Hund durch die Blumen …«

Er geht weiter, ins Sprechzimmer. Punkt neun. Er grüßt die Leute, die auf den Bänken warten, hört Noor unterdessen fragen: »Wie alt ist er?« und die andere etwas antworten, das er nicht verstehen kann.

»Gegen Katzenkrankheit geimpft?« fragt Noor.

»Katzenschnupfen?« hört er.

»Wie heißt er?«

Auf der Schwelle zu seinem Sprechzimmer sieht er noch ganz kurz, wie die beiden Frauen einander, den Kater zwischen sich, Rede und Antwort stehen. Die fragende Noor, zartblaue Ringe unter den Augen, die der Zuwendung in ihrem Blick etwas rührend Persönliches geben, behindert in keiner Weise seinen Blick auf die andere. Trotzdem kann er sie so auf die Schnelle nicht richtig fokussieren.

Fang an. Zwei Hunde sind noch vor ihr dran. Du mußt einen Groenendal zum Erbrechen bringen. Aus der Vorderpfote eines Chow-Chows ziehst du einen Operationsfaden, wobei Noor die Wunden betupft. Es müssen noch eine Reihe von Blutproben untersucht werden: Noor macht sich in der Ecke neben dem Fenster am Allerneusten auf dem Gebiet der Veterinärapparatur an die Arbeit, dem 8008. Die Sprechstunde läuft so früh am Morgen noch ganz nach Zeitplan. Vincent wäscht sich bereits wieder die Hände. Er schaut ohne einen einzigen Nebengedanken auf das fließende Wasser, trinkt einen Schluck, öffnet die Tür und sagt, dankbar über die Unkompliziertheit des Lebens: »Kommen Sie.«

Was ihm schon seit einer Ewigkeit auf den Lippen liegt.

Zweiter Teil

Der Kreisel

22

Fangen wir mit dem Augenblick an, in dem Gemma auf dem Nachhauseweg ihr Auto am Kreisel anhält, während auf dem Beifahrersitz der Kater mit gestrecktem Hals von neuem sein Klagegeschrei ertönen läßt. Sie sieht auf dem Radweg zwei Schulmädchen bestürzt in ihre Richtung schauen. Soll sie das Tier vielleicht kurz hochheben, damit die Kinder feststellen können, daß das Alarmsignal aus einer winzigen Kehle kommt?

Sie legt den Gang ein, gibt Gas und biegt in den Kreisel ein, früher gab es hier Ampeln. Früher standen ein Stück weiter Bibernellrosenbusche am Rand, und die Wassergräben zu beiden Seiten der Straße wurden zweimal im Jahr ausgebaggert, weil sie stark befahren wurden. Ganze Flotten kleiner Kähne brachten die gerodeten Tulpen und Hyazinthen von den Feldern in die Scheunen, während größere Fahrzeuge die Zwiebeln dann wieder in Kisten, die den Nordwestwind so lange wie möglich durch die Ritzen hereinließen, zum Amsterdamer, Rotterdamer und Hamburger Hafen beförderten.

Heute scheint die Sonne. Es wird warm. Gemma schaut auf die Straße und denkt nicht an früher. Sie denkt an gar nichts, warum sollte sie auch? Man braucht wirklich keine Denkpause, um zu wissen, daß in der Vergangenheit eine Menge mit einem geschehen ist und auch die Zukunft bereits einen entsprechenden Sog ausübt. Sie legt die Finger auf den Blinker und beschreibt mit ihrem blaugrünen Auto im Kreisel am Anfang der Oude Zeestraat einen Bogen. Sie sieht, daß die Pappeln ausschlagen. Sie vermutet, daß die ganze Woche über strahlendes Wetter bleiben wird. Jede Geschichte besteht aus Tatsachen, die geschehen sind, und solchen, die noch geschehen werden, und die Verbindungslinie dazwischen ist nur fiktiv. Heute hat in ihrem Leben das Liebesabenteuer begonnen, das bis zum einunddreißigsten Dezember dieses Jahres dauern wird und keinen Tag länger.

Eine die Sinne täuschende Affäre, die Sinne täuschend, weil die Anrufe und die Verabredungen und die Umarmungen ihr von Anfang an völlig normal vorkommen werden. Beim ersten Mal, als er anruft, reagiert sie sofort sehr geschickt, mit einer Stimme, als habe sie am anderen Ende der Leitung die seine erwartet (was ihn wiederum noch verrückter macht). Und doch wird das erste sein, was sie sagt: »Ich weiß von nichts.«

23

Er aber läßt nicht locker.

»Doch. Ein kleiner blauer, mit weichem Einband. Sie haben ihn vor Wochen verloren. Auf der Straße, in der Nähe des Geldautomaten am Wilhelminaplein.«

Daraufhin beginnt sie zu lachen.

»He, Sie haben recht. Ich hatte es schon wieder völlig vergessen.«

»Es hat geregnet«, sagt er noch.

Woraufhin die Verabredungen beginnen, mit der Übereinkunft, daß immer er anruft, anders geht es nicht, und eine Zeit vorschlägt, am späten Nachmittag, heute abend, heute nacht, auch das geht nicht anders, und sie daraufhin keine Sperenzchen macht, sondern mit allem einverstanden ist. Steigt er aus seinem Auto und geht den Weg hinauf (während er jede Selbstbeherrschung bereits fallenläßt, aber doch noch, mit einem Blick, den Koloß von einem Haus aufnimmt, das Flachdach mit einer Art Backsteinzinnen, den grünen Arm einer Kletterpflanze bis zu einem Fenster im ersten Stock, das nach Südosten gelegene Zimmer dahinter, ziemlich dunkel mit heruntergelassenen Jalousien, und die komplette Verzauberung, die von alledem ausgeht), dann kommt sie in ziemlicher Eile heraus. Klein, hübsch, der Situation gewachsen. Auf wundersame Weise hat sie den Moment verpaßt, in dem eine Frau, wenn sie den Mann noch kaum kennt, eine bestimmte Scheu überwinden muß. Sie steigt sofort mit Niveau ein. Allerdings ist immer einige Eile im Spiel, eine gewisse leicht erotische Nervosität. Das wird bald anders werden, doch anfangs glauben sie beide, furchtbar wenig Zeit zur Verfügung zu haben. Trotzdem verspüren sie bereits in der ersten Woche mal Lust, den Weg hinter dem Holzschuppen entlangzugehen. So kommen sie ins Dünenwassergebiet. Hinter den Resten einer militärischen Panzerstraße liegt ein hoch aufragender Bunker aus dem Zweiten Weltkrieg, auf den sie natürlich klettern. Er ergreift ihr Handgelenk, läßt es los, deutet mit der Stirn.

»Kennst du auch«, sagt er, »diesen fast unbezwingbaren Impuls, dich in die Tiefe zu stürzen?«

Und dann sagt sie: »Ja!«, ohne etwas anderes einzubeziehen als diesen Moment, in dem ihr sehr nach Küssen ist. »Und ob. Schau!« Und sie rennt über den Flugsand hinunter, schneller als schnell, mit einer Entschlossenheit, die ihren Mann, ihre Kinder, ihren Vater, ihre

Mutter, ihren Bruder und auch ihre liebe, unvergeßliche Schwester doch tatsächlich einen Augenblick ausschließt. Und wo es jetzt schon um diese ihr Nahestehenden geht: Auch am darauffolgenden Tag und an den Tagen, in den Monaten danach wird sie sie nur beiläufig zur Sprache bringen, sie wird einfach nicht dazu kommen, es ausführlicher zu tun, genauso wie er, Vincent, wenig Lust verspürt, über Noor zu sprechen.

Eine nüchterne Liebe also? Nackt? Ohne Vorgeschichten, Menschen, Wunder, wie eine römisch-katholische Kirche nach dem Bildersturm? Dumme Fragen, denn alle Dinge stehen auf die eine oder andere Weise miteinander in Verbindung, und alle Erlebnisse suchen ihren Weg, ob mündlich bezeugt oder nicht. Die beiden haben ein Liebesverhältnis. Fast acht Monate lang studieren sie sich gegenseitig mit viel Phantasie, aber wenig Text. Lebensgeschichten beginnen zusammenzufließen. Wer hat – in den Atempausen gewisser Umarmungen – nicht mal gemerkt, daß ein paar sehr weit auseinanderliegende Punkte doch zusammengekommen sind? Wie über eine Hängebrücke?

24

Zurück zu Gemma, die durch ein Blinklicht anzeigt, daß sie den Kreisel verlassen will. Es ist ruhig zu dieser Stunde. Sie spürt die Sonne auf ihrer Schulter. Ein Stück weiter kommen die Felder in Sicht, die sie seit ihrer Jugend wie ihre Westentasche kennt, fahl in der Morgensonne. Ihr Blick ist leer. Noch. Sie weiß noch nicht, daß es am Ende des Tages drückend werden wird und daß am frühen Abend das Telefon bei ihr zu Hause klingeln wird. Die Augen auf den gelblichen Himmel gerichtet, wird sie den Hörer abnehmen.

»Hallo?«

Offenes Fenster und offene Terrassentüren. Weil sie jederzeit die Stimme eines ihrer Kinder erwartet oder die ihres Mannes auf der anderen Seite des Ozeans, wo es sechs Stunden früher ist, wird ihr Ton warm sein, entgegenkommend.

Ein Mann nennt seinen Namen. Nimmt Bezug auf die Tiersprechstunde. Fragt, ob er mit Frau Meeuwenoord spricht.

»Ja«, wird sie antworten und währenddessen zerstreut zuschauen, wie über die kleine Mauer zwischen der Terrasse und dem Garten der Papagei in ihr Blickfeld tritt. Ein alter Vogel, aus den Tropen stammend.

Und während eine ferne Stimme sie davon zu überzeugen beginnt, daß sie ihren Kalender verloren hat, wird ihr Blick, mit zunehmendem Interesse, den doch eigentlich erstaunlich großen Schritten folgen, mit denen Lora, zwei Zehen nach vorne, zwei nach hinten gerichtet, über das Gestein spaziert. Sie wird mit Verwunderung sehen, wie sich der Himmel unter einem gewaltigen sich nähernden Unwetter zuzieht, als am anderen Ende der Leitung kurzerhand ein Vorschlag gemacht wird, auf den sie auch kurzerhand eingeht.

»Gut«, sagt sie. »Wann?«

»Wenn es Ihnen paßt: sofort.«

Wenn sie den Hörer auflegt, wird sie noch immer nach draußen schauen. Große verwelkte Blütentrauben. Ein Zaun. Die Augen, mit denen sie die Windstille studiert, als hinge diese eingerahmt im Museum, werden einen sehr viel aufmerksameren Ausdruck haben als jetzt.

Wo sie den Kater streichelt. Und mit der anderen Hand am Lenkrad dreht. Ein paar Sekunden lang ist hinter dem Seitenfenster ein Frauenprofil zu sehen, so leer und flach, daß man geneigt ist, eine Münze daraus zu schlagen. Ungerührtheit. Man könnte schwören, sie gehe bereits davon aus, daß das, was heute begonnen hat, in etlichen Dutzend Jahren kaum noch eine Rolle in ihren Gedanken spielen wird. Weil es nur ein Zwischenfall war, ein unbedeutender Vorfall, der sich von einer alten Frau mit runzligem Kinn und weißen Löckchen, durch die die Kopfhaut rosa schimmert, kaum noch in Erinnerung rufen läßt, hat er ihr Schicksal doch vollkommen unberührt gelassen.

Unberührt? Oh. Aber kann ein Schritt zur Seite, sogar der kleinste, ein Menschenleben nicht gründlich in seiner Tonart verändern? Und, en passant in dieser Schöpfung, in der alles mit allem zusammenhängt, das von einigen anderen ebenfalls? Lotsen wir den Vorfall, den es, wie auch immer, Gedächtnisschwäche hin oder her, gegeben hat, lieber wieder zurück in die einzige Zeit, die nie schummelt.

Es ist acht Uhr.

Als Vincent zum ersten Mal auf das Haus zugeht, scheint der niedrige Luftdruck ihn keineswegs zu beklemmen. Mag die Atmosphäre ihren zusammengepreßten Atem auch anhalten, Vincent geht mit dem Schritt eines Menschen, der sich genau zur richtigen Zeit am richtigen Ort weiß, auf die Eingangstür zu. Jetzt schaut er prüfend auf die Hausnummer, dann den Namen. Er will gerade auf den Klingelknopf drücken, als in einigen Metern Entfernung, seitlich, etwas seine Aufmerksamkeit erregt. Auf einem kniehohen Pfosten sitzt neben einer Schale mit Pflanzen ein Papagei und stiert vor sich hin. Grellgrüne Federn, schwarze Haube, aus dem geöffneten Schnabel hängt eine am Ende fransig auslaufende Zunge. Sieh mal an, denkt Vincent, eine *Amazona versicolor*. Ein schönes Exemplar. Genau als sein Finger zum zweiten Mal zur Klingel geht, wird die Stille vom Schall einer kupfernen Schelle aus anachronistischen Zeiten zerrissen. Verflixt noch mal! Er schaut verblüfft zum Papagei. In dem Moment schwingt die Tür auf, und Vincent sieht Gemma in einem Kleid von der Farbe schwarzer Johannisbeeren.

Ihre Augenbrauen gehen erkennend in die Höhe.

»Ach! Sie sind es tatsächlich!«

Ganz kurz schaut sie, als dächte sie nach. Dann sagt sie: »Einen Augenblick« und geht an ihm vorbei, um wegen des drohenden Wetters den Papagei zu packen, ihn zur Sicherheit in den Käfig zu setzen und diesen mit einem dunklen Tuch zuzudecken. Als sie mit dem Vogel in den Händen wieder an ihm vorbeigeht, in den Flur, lacht sie. Ihre Haltung drückt aus: Treten Sie näher!

25

Sie war mit dem Kater im Arm weitergegangen. Eine typisch medizinische Einrichtung, ganz in Weiß, mit Reihen von Gläsern und Flaschen auf Glasplatten an den Wänden und mit dem kühlen Geruch antiseptischer Ingredienzien, der suggerierte, daß die Probleme, egal, welcher Art, höchstwahrscheinlich zu lösen wären. Der Arzt stand wartend neben dem Behandlungstisch. Er murmelte seinen Namen und streckte ihr die Hand entgegen. An den Fenstern, hinten im Raum, saß mit dem Rücken zu ihr die Assistentin an einem funkelnden schwarzen Apparat.

»Soll ich ihn hier hinsetzen?« fragte sie und plazierte das sich mittlerweile totstellende Tier auf den plastikbezogenen Tisch, während sie es streichelte und mit beiden Händen noch immer beschützte.

Der Arzt stellte ein paar Fragen. Auch er streichelte den Kater und tastete währenddessen routiniert die Organe unter der Haut ab. Er zog das Maul auf. Zahnstein. Keine zwei Handlängen von der Tierbesitzerin entfernt, erklärte er, daß manche Katzen einfach darunter leiden, daß er aber zu gegebener Zeit, wenn es schlimmer würde, etwas dagegen tun könnte. Da sah er die völlig abgelaufenen Fußballen.

»He!«

Er sah sie wieder an, interessiert.

Sie lächelte.

»Er ist vor einiger Zeit eine Riesenstrecke gelaufen«, erklärte sie, während ihre Augen den seinen begegneten, deren Merkmale sie einstweilen noch kalt ließen, die sie aber doch auffing und irgendwo festhielt.

»Wie weit denn?«

»Von Amsterdam nach hier. Tja, wieviel Kilometer sind das?«

»Dreißig, fünfunddreißig.« Der Arzt trat einen Schritt zur Seite, um von einem Regal ein Serum gegen Katzenschnupfen und eine Injektionsnadel zu nehmen. Über die Schulter sagte er: »Bestimmt nach Hause zurückgelaufen?« und drehte sich wieder zum Tisch um.

»Ja, genau. Meine Tochter hatte ihn zu Beginn des Winters mitgenommen. Ist es nicht merkwürdig, daß die anderen Tiere in meinem Haus den Appetit verloren und völlig träge wurden?«

»Ja, so was kommt vor.« Er zog die Injektionsnadel aus dem Zellophan. »Tiere können einander sehr vermissen.«

Sie schwiegen. Der Arzt zog die Spritze auf und hielt sie zur Kontrolle hoch. Da fiel ihr auf, wie still es war und wie lautlos die Assistentin da im Hintergrund etwas an dem Gerät verdrehte, mit drei spitzen Fingern, ohne einen Funken Anwesenheit.

Gerade als der Arzt sagen wollte: »Es geht los!« und die Hand um den Nacken des Katers legte, sagte sie: »Eines Abends hörte ich ein Kratzen an der Tür.«

Er sah sie aufmerksam an. »Und?«

»Er war's. Nach über fünf Monaten lebend und wohlbehalten wieder da.«

»Mager, nehme ich an?«

»Nur noch Haut und Knochen. Weil ich ihn bereits tot geglaubt hatte, dachte ich erst, es wäre sein Geist, der zur Haustür hereinwollte.«

Der Arzt lachte.

»Aber als ich ihn hochnahm, schlang er die Vorderpfoten um meinen Hals und schrie vor Glück.«

Sie starrten sich an. Der Arzt hielt den Kater noch immer leicht am Genick. Sie legte die Hand weiter unten auf den Katzenrücken. »Wissen Sie, was das Verrückte war?« fuhr sie fort.

Er wartete.

»Daß die anderen Tiere, zwei Hunde und ein Papagei, ein paar Tage zuvor richtig fröhlich geworden waren, fröhlicher, als ich sie je gesehen hatte.«

»Ja, das ist verrückt«, murmelte der Arzt und stieß die Spritze in den Nackenmuskel, einfach so, sogar supereinfach. Denn zum erstenmal seit Wochen war er völlig unempfänglich gegenüber dem Motiv (ich warte, und ich werde verrückt, wenn du nicht kommst, oder so etwas Ähnliches), das seiner Seele so hartnäckig zusetzte.

26

Hoch oben im Raum hat der Wind begonnen, die Stille zu zerschlagen.

Sie lehnt mit verschränkten Armen am Rahmen der Tür zum Garten, sie möchte sie offenlassen. Sie achtet natürlich auf ihren Besucher, sieht ihn jedoch nicht an, da ein erster Blitz dort drüben bereits breit und weiß herunterschießt, gefolgt von einem ohrenbetäubenden Schlag. Außerdem beginnt es zu regnen. Der Wind fegt jetzt herab, um, ohne eine bestimmte Richtung einzuhalten, über den Landstrich mit der weltberühmten Gartenanlage und den schnurgeraden Feldern zwischen Leiden und Haarlem zu rasen. Armdicke Äste brechen ab. Sie sieht die alten Obstbäume entlang dem Wassergraben nach allen Seiten greifen. Beruhigt, weil sie die Türen und Fenster im Obergeschoß geschlossen hat, läßt sie sich dort unten halb naßregnen, während sie völlig sprachlos dem Schauspiel zusieht. Grandioses Wetter kann je nach der Gesellschaft, in der man sich befindet, noch wesentlich grandioser werden.

Sie weiß wirklich nicht genau, wie ihr geschieht, aber was macht's? Sie bietet ihrem vom-Himmel-gefallenen Gast ein Glas an, sie leistet ihm wohlgemut Gesellschaft im Wintergarten des Hauses ihrer Vorfahren, sie führt ein nettes Gespräch mit ihm, das in erster Linie über das Wetter geht. Da, ein Einschlag. He, ich glaube, die Luft wird schon wieder kühler. In einem bestimmten Moment sagt er, er könne seiner Frau wegen nicht länger bleiben, woraufhin sie nickt, natürlich voller Verständnis. Auch sie hat ja ihren unter keinen Umständen wegzudenkenden Hintergrund, der ihre ganze Person ausmacht. Als draußen das Schlimmste vorbei ist, begleitet sie ihn, ohne zu trödeln, zu seinem Auto. Ihr Kleid, hier und da naß, klebt ihr an den Schultern und ist selbstverständlich noch nicht abgelegt worden.

»Morgen«, sagt er und gibt ihr damit ernst zu verstehen, daß dies keine Frage, auch kein Befehl, sondern eine Tatsache ist. »Oder sonst übermorgen.«

Er öffnet die Autotür, und sie spürt die glühende Hitze des Tages erneut um sich.

Wieder im Haus, möchte sie noch einen Schluck trinken. Während sie auf einen Eiswürfel beißt, ist sie total erstaunt über den Kontrast zwischen diesem überdrehten Abend und der neutralen morgendlichen Sprechstunde. Er hatte die Injektionsnadel weggeworfen. Er hatte gefragt, wann der Kater zum letztenmal entwurmt worden sei. Was sie gern wüßte, ist: Wie, wie und wann hat sich etwas so überdeutlich zwischen das eine und das andere zwängen können?

»Äh … Moment mal, ich weiß es nicht mehr.«

Er drehte sich um und nahm ein Medikament vom Regal.

»Soll ich es machen?«

Aber gern.

Der Arzt setzte den Kater kurz auf die Waage, drückte dann dessen Kiefer auseinander und füllte das Maul mit einer Paste, die so zäh und klebrig war, daß das Tier minutenlang mit aller Macht schluckte.

Daher redeten sie noch ein wenig (wie man das eben so macht, über dies und das, über Haus und Hof, was hat man schon zu verbergen?).

»Wann soll ich mit ihm wiederkommen?« fragte sie, als es erledigt war.

»Bei Katzenschnupfen rechnen wir immer ein Jahr.«

Sie legte den Kater in ihre Armbeuge, gab dem Arzt die Hand und wollte über seine Schulter hinweg der

Assistentin in der Ecke beim Fenster noch zunicken, doch die hielt, in ihre Arbeit vertieft, ein Reagenzglas gegen das Licht und lächelte der roten Flüssigkeit zu.

Scheunen, Wassergräben

27

Sie läßt das Fenster herunter. Ellbogen hinaus. Nahaufnahme aus einer Lebensgeschichte. Jetzt biegt sie in die Oude Zeestraat ein. Alles verändert sich. Der Horizont springt auf ganzer Breite zurück, und eine Fläche, einst die Domäne ihrer Familie väterlicherseits, öffnet sich, soweit das Auge reicht. Sie schaut nicht hin. Gemma kramt in ihrer Tasche herum und setzt sich eine Sonnenbrille auf. Heute abend wird Vincent ihr auf ebendieser Strecke folgen, die bald auch für ihn die übliche Strecke sein wird. Mit Scheunen und Wassergräben, die, ob du nun hinschaust oder nicht, auf dich einwirken. Sie saugen deine Erlebnisse auf. Dann werfen sie etwas zurück, das nicht unbedingt zu deiner Erinnerung paßt.

Heute stehen auf den Feldern nur noch Blumenstengel, geköpft, vor Langeweile bereits schlaff werdend. Etwas weiter liegt die zur Hälfte zum Wohnhaus umgebaute ehemalige Scheune der Gebrüder van Rijn.

Alte Bäume hängen über den Wassergraben, auf dem Gemma van Rijn einst, an einem Dezembertag, im Schlepptau ihrer innig geliebten Schwester auf Schlittschuhen für immer von zu Hause weggefahren ist. Warum sollten wir die Sache hier nicht eben mal ans Tageslicht bringen? So daß sie in unserer Geschichte mitspielt. Und – auf ihrer Seite – offen beteiligt ist in der bevorstehenden Reihe von Liebesszenen.

Sie war acht Jahre alt. Und die vor ihr fahrende Quirine: zweiundzwanzig. Diese wäre trotz ihrer schweren Statur, dem schweren Rumpf (kopflos, mit ausgreifenden Beinen) ausgezeichnet auf einem Paar fast neuer Schnellaufschlittschuhe vorangekommen, hätte sie sich nicht ihret-, der Kleinen wegen bremsen müssen. »Beeil dich!« Ein wütender Blick über die Schulter. »Siehst du nicht, daß es schon dunkel wird?«

Sie sah es, und es war noch nicht einmal drei Uhr nachmittags. Die Reihe der schwarzen Kopfweiden begann bereits schwärzer zu werden, das schneeweiße Gras schneeweißer. Die ältere Schwester hatte sie an diesem Morgen mit einem Gesicht wie eine Gewitterwolke geweckt, und ihre Worte waren: »Du liebst mich nicht!«

Tränen, schlagartig, und heftige Versicherungen des Gegenteils an Quirines Adresse, die sie kopfschüttelnd zurückwies. Und dabei blieb. Die Schwester machte sich an die Arbeit (in der Scheune, an einer Korbreihe), blickte jedesmal, wenn das Kind in die Nähe kam, davon auf und kniff die dunkelgelben Augen zusammen. Langsam und entschieden schüttelte sie den Kopf. Es ging auf zwei Uhr zu, als die ratlose Achtjährige, die mittags aufs Essen verzichtet hatte, hinter Quirine das Eis betrat. Die Schwester hatte sie nach der Mahlzeit beiseite genommen und ihr zugeflüstert, daß sie für immer von daheim weggehe, daß sie nie mehr zurückkomme und daß, wenn sie, Gemma, sie liebe, sie mitkommen würde. Der Wassergraben hatte auf der Seite, wo das Haus stand, einen schmalen Steg. Sie legten die Schlittschuhe an. Wie alle in der Familie war Gemma ein Naturtalent, das schon. »Lauf los!« Quirine zog ihr die Mütze über die Augenbrauen.

Die Biegung. Der Kanal. Die Eislandschaft sprang mit Riesenschritten weiter, und das gleiche tat der Nachmittag, der Abend, übergangslos wurde es Nacht. Nachdem sie an der ersten Mühle vorbei waren, brauchte sie nichts mehr zu tun, sondern durfte sich an dem Schal festhalten, der mit einem doppelten Knoten um Quirines Taille gebunden war. Jetzt ging es sehr schnell. Die Ufer des Haarlemmer Vaart verwandelten sich in Bänder aus fransigem Silber, die von einer unsichtbaren Spule aufgerollt wurden. Weit jenseits des Mondes drehten sich die Sterne der Milchstraße in schwungvollen Achtern und Schleifen, bis sie, als es zu schneien begann, untergingen. Danach: stiebende weiße Flocken, von denen einige wie Spukschmetterlinge auf ihre Wimpern fielen. Beängstigend fand sie das alles nicht. Nur kalt, so kalt, daß sie, als sie sich der zweiten Mühle näherten, bis in die Knochen fror und bei der dritten bis tief ins Herz hinein.

Die vierte Mühle war die verlassene Mühle, in der man im Heu übernachten konnte. Quirine mußte ihr helfen, die gefrorenen Schuhbänder loszuknoten. Drinnen aß sie ein Brötchen, trank Tee aus einer Thermosflasche und bekam dann den Auftrag: »Schlaf!« Sie gehorchte. Sie legte die Wange auf das gefrorene Heu und träumte gerade tief, als sie spürte, daß an ihrem Arm gerüttelt und ganz aus der Nähe ein Lichtbündel auf ihr Gesicht gerichtet wurde. Und dahinter die Stimme ihrer Schwester, die sie zweimal fragen mußte, ob sie, Gemma, etwa glaube, ihren Eltern diesen unermeßlichen Kummer zufügen zu können, bis ihr bewußt wurde, wo sie sich befand.

Der Rückweg dauerte endlos. Zweimal verfuhren sie sich und landeten auf stockdunklen Teichen, deren Einbuchtungen sie eine nach der anderen abfahren mußten, um das Loch zum Kanal wieder zu finden. Unerwartet tauchte der Steg vor ihnen auf, die schräge Planke, mehr war es nicht. Quirine streckte eine Hand aus und hievte erst sich selbst und danach auch sie ans Ufer. In der Küche war gerade gedeckt worden. Gemma blinzelte blind und sah dann, wie ihre Mutter mit zwei Händen eine riesige Deckelterrine auf den Tisch stellte, so ein Porzellanding auf Füßen, und dann um sich schaute, ob alle ihren Platz eingenommen hatten. Gemma setzte sich neben den Vater, ihre Schwester zwischen die beiden Knechte, die im Haus wohnten. Auf dem Fernsehapparat stand das Bild des vor über zwei Jahren verstorbenen Bruders, mit dem ihre Mutter noch immer rechnete, wenn sie Fleisch aus der Tiefkühltruhe auftaute.

»Bleib wach!« flüsterte Quirine, als sie sie in dem großen Bett im Mädchenzimmer zudeckte. Sie nickte und war sofort weg. Richtig in Schlaf sank sie erst, als sie spürte, daß ein großer, schwesterlich glühender Körper sich an sie schmiegte. Eine vorsichtige Hand legte sich um ihre Schulter. Es gibt Augenblicke, da bist du, wo du sein mußt, Augenblicke, in denen es keinerlei Unterschied mehr zwischen dir und der Welt gibt, zwischen dir und den Dingen, die sich alle in geduldige, liebreizende Schutzengel verwandelt haben, und dann gerätst du ins Sinnieren, Vergessen, Seufzen.

28

Sie hat einen Mann und sie hat zwei Kinder. Jetzt wird sie für den Rest des Jahres auch noch einen Geliebten haben, was organisatorisch keinerlei Problem macht, da die achtzehnjährige Tochter Quirine und der zwanzigjährige Taco in Amsterdam studieren und ihr Mann, ein Meeuwenoord, der dritte Sohn der Blumenzüchterfamilie, als Chef der Vertriebsorganisation dabei ist, einen Versandhandel in New York zu gründen. (Sie sind über zwanzig Jahre verheiratet. Sie kommen noch gut miteinander aus. Was er möglicherweise treibt, weiß sie nicht, doch sie hat bisher die eheliche Treue bewahrt. Sie telefonieren zweimal die Woche miteinander.)

Anfangs kann er nicht lange bleiben. Sie versteht das. Seine Frau ist nicht an einen Mann gewöhnt, der einfach loszieht, ohne ihr Bescheid zu sagen. Das heißt, als er sie in jener ersten Woche besucht, ist er mit Tempo hundert gefahren. Da hat er nur wenig Zeit, um sie mit einer unbegreiflichen, eindringlichen, woher eigentlich kommenden Autorität davon zu überzeugen, die Eine zu sein, diejenige, die ihm auf dieser Welt fehlt.

Da sprechen sie aus Zeitmangel wenig.

Mitte Juni wird sie allmählich merken, daß es bei ihm zu Hause offenbar halb so schlimm ist. »So«, wird sie eines Nachmittags zufrieden sagen. »Wie herrlich lang du bleiben kannst.« Sie wird sich dann in dem Zimmer, das einst das Mädchenzimmer hieß, auf dem Ellbogen aufrichten. Weil die Jalousien heruntergelassen sind, kann sie sein Gesicht jedoch nicht gut erkennen. Einen Moment lang denkt sie: Oder ist er etwa in so eine schreckliche Ehekrise geraten, von denen man manchmal hört und deren Urheberin ich bin? Soll ich ihn vielleicht danach fragen? Sie tut es nicht, weil die Stunde zu still und zu schwül ist und weil ein Baum hinter dem Fenster raschelt. Die Balkontüren, die ursprünglich, wie alle Blumenzwiebelscheunentüren, dazu bestimmt sind, Salz, Sonne und Luft an die Hyazinthen zu lassen, sind weit geöffnet. Sie tut es nicht, weil nichts, wirklich nichts in ihrer Umgebung diese Fragerei von ihr zu erwarten scheint.

Ein paar Tage später sagt er, daß er diesen stillen, ans Haus angefügten Koloß von einer Scheune gern mal besichtigen würde.

»Jetzt?« fragt Gemma überrascht, denn sie weiß, daß bei ihm zu Hause immer um sieben gegessen wird.

29

Sie drückt die Klinke hinunter.

Eine leere Scheune, hoch wie eine Kirche. Auf beiden Seiten zwei Reihen von Türen übereinander. Sie sind geschlossen, durch die Ritzen dringt Sonnenlicht. Dieses Licht kann sich nicht zusammenschließen, wie es von Natur aus will, sondern wird zu Bündeln zusammengepreßt. So wird der Raum keinen Moment lang ein Ganzes.

Schatten, Materie: Je besser sich deine Augen daran gewöhnen, um so mehr siehst du. Abgebröckelte Mauern, Stellagen bis zur Decke hinauf, jawohl. Doch nach einer Weile siehst du auch von Kindern gelenkte Wägelchen über die ganze Länge des Scheunenbodens nach hinten flitzen, wo die Torflügel sich zum Wassergraben hin öffnen. Dann siehst du Quirine van Rijn. Du siehst sie inmitten der Männer und Frauen, die während des Hochbetriebs im August immer farbiger und beweglicher werden. Zählen, einpacken, aufstapeln, die Firma möchte die Bestellungen noch vor dem Monatsende abgewickelt haben.

»Dies war die Sortiermaschine«, sagt Gemma.

Die Aufseherin aus der Familie geht zu der Scheunenseite, wo eine ratternde Maschine von einem Dutzend Leute bedient wird. Sie trägt eine Kittelschürze und schwere Schuhe, hat aber trotzdem etwas von einer Herrscherin, deren Blick nicht immer verrät, was in ihr vorgeht. Ist ihr Gesicht freundlich, so weiß jeder, daß man mit ihr unglaublich lachen kann.

»Was für ein Trumm.«

»Ja, nicht wahr.«

»Wozu sind diese Siebe?«

»Um das ganze Zeug wie mit ein paar Riesenhänden durchzuschütteln.«

»Du hast sie schon mal laufen sehen?« (Er streicht mit den Fingern über das Metall, das unter dem Staub keine Spur von Rost zeigt.)

»O ja, oft!«

Firma Gebrüder van Rijn. Wie es *einer* Familie doch ergehen kann. Geboren und aufgewachsen in der Gegend, in der der kalkreiche Boden hinter dem Meer und der Torf der trockengelegten Sümpfe sich vermischen. Der Gartenbau erlebte hier um 1910, 1920 einen ungebremsten Aufschwung. Geld, Grandeur, Scheunen im Stil der Amsterdamer Schule mit handgeformten Ziersteinen in den Giebeln und Bleiglasfenstern nach Entwürfen von De-Stijl-Künstlern. Im Büro der Unternehmer in Holzpantinen. Wir machen am liebsten Geschäfte mit Deutschen und Amerikanern, sagten die meisten. Die Blumenzwiebelvertreter reisten noch sehr oft mit dem Fahrrad. In der Weihnachtszeit des Jahres 1920 verblüffte der Großvater von Gemma van Rijn seine Kollegen, indem er mit einer blühenden Hyazinthe im Knopfloch die Auktionshalle betrat, er hatte eine ganze Partie davon an der Hand. Ein sanftmütiger Mann mit dreisten Ideen. Als er alt war, konnte man ihm keine größere Freude machen, als ihn zu bitten, zum soundsovielten Mal diesen ganzen Prozeß der vorzeitig zur Blüte gebrachten Zwiebel zu schildern. »Du mußt sie einfach zum Narren halten, Mädel«, sagte er mit verstohlenem Lächeln zu der fünfjährigen Gemma. Als er starb, hatten zwei seiner vier Söhne die Sorge für die vierzig Hektar Blumenzwiebelland schon längst von ihm übernommen. Er wußte nicht, daß der eine, Rien, ein komischer Kauz, im Begriff stand, mit seinen acht Kindern nach Australien auszuwandern (wo sie alle an der Universität studieren sollten). Die Familie des anderen war damals noch intakt.

Es ist wirklich eigenartig, einen Monat vor dem achtzehnten Geburtstag plötzlich allein dazustehen. So etwas passiert hierzulande nur sehr wenigen. Gemma war ein Nachkömmling. Als sie auf die Welt kam, gab es bereits einen zwölf Jahre älteren Bruder und eine vierzehn Jahre ältere Schwester, beide im Krieg geboren. Ersterer, Laurens, vorbestimmt, seinem Vater im

Betrieb nachzufolgen und dazu auch noch seinem ausgewanderten Onkel, war ein gutaussehender Junge des Typs, der an jedem Finger zehn Mädchen haben kann. Er liebte es, am Ende des Tages in einem alten Hillman Cabriolet, dessen linke Tür nicht schloß und mit einer Schnur zugebunden werden mußte, über den Seeboulevard zu fahren. Eine praktische Intelligenz, gute Laune, wenden wir unser Augenmerk nun der tragischen Ironie des Schicksals zu: Wie geschaffen für das Leben, das ihn erwartete, verunglückte er mit neunzehn Jahren, als er in seinem Auto von *Zee* nach *Binnen* fuhr. Zwei Jahre und acht Monate arbeitete er da schon voll im Betrieb, sich von unten hinaufarbeitend, wie die Tradition, gegen die er nicht das Mindeste einzuwenden hatte, es wollte. Früh aufstehen, eine Tasse Kaffee (aus der Hand seiner Mutter, die nur dafür ihr Bett verlassen hatte) und dann gleich aufs Feld. Den Wassergraben auszubaggern fand er als Erlebnis nicht unbedingt weniger wichtig als das Beziffern eines Angebots. Nach seinem Tod war sein Vater gezwungen, zwei zusätzliche Knechte einzustellen. Ebenso unvermeidlich war, daß die älteste Tochter, Quirine, ein paar Aufgaben dazubekam.

30

Ein unmögliches Weibsbild. Quirine war ein Huftier, schwer wie ein Rind, wütend wie ein Bock, sie persönlich wollte lieber ein Vogel sein. Obwohl sie liebend gern Trecker fuhr, dann trug sie einen Overall, saß sie genauso gern in urweiblicher Gestalt zusammen mit den anderen Zwiebelschälerinnen in der Scheune. Sandalen, ein Baumwollkleid, im tiefen Ausschnitt lagen zwei makellos weiße Brüste exakt in Männeraugenhöhe. Ihre Lebenslinie verlief in Kurven. Befand sie sich auf der ansteigenden Seite, so sang sie für ihr Leben gern zu Gemüt gehende Lieder. Sie erzählte Geschichten von Wollust und Tod, wie sie alle auch in Wirklichkeit vorkommen.

Überschwenglichkeit also, oder sagen wir einfach: Liebe. Auf der anderen Seite eine ungeheure Wut. Die Liebe war irdisch, war Teil dieses leicht faßlichen Lebens (Liebe versteht jeder), die Wut dagegen kam von weiter her.

Das jüngste Kind ging für das älteste durchs Feuer. Daß sie nie wußte, woran sie war, machte Gemma, was ihre Hingabe anging, nichts aus. Die sehr zärtlichen Anwandlungen konnten im übrigen lang anhalten. »Komm!« Gemma durfte neben ihrer Schwester auf dem Sofa sitzen. »Such dir eine Karte aus!« Gemma durfte eine Karte aus einem Spiel ziehen. »Schau unter dein Kopfkissen!« Süßigkeiten. »Kommst du mit?« bedeutete und würde fortan immer bedeuten: Eissalon »De Punt«, wo man Tüten mit drei Kugeln bekam, die man – so groß waren sie – mit der Hand stützen mußte. Der Umschwung kam immer heimlich und mit vertrauten Worten.

»Kommst du mit?«

Das Ticken eines Rings an die Scheibe, von außen, Gemma muß kommen, muß mit, um einen Strandspaziergang mit ihrer Schwester zu machen, die erst eine ganze Weile schweigt und dann kundtut, daß in ihrem Kopf ein Käfer herumkriecht, inzwischen von beachtlicher Größe, vermutlich einer der Zehntausenden von Kartoffelkäfern, die es im Frühjahr an die Küste gespült hatte. Lästige Viecher, sehr gefräßig, im Begriff, sich landeinwärts zu den Pflanzen zu begeben. (Alle Schulkinder hatten einen ganzen Tag freibekommen, um das Getier, gelb, mit unter einem Panzer rasend schnell sich bewegenden Beinen, in Dosen und Eimer zu sammeln.)

»Soll ich ihn rauslassen?« fragte Quirine sie in jener Nacht. Beim Schein einer Bettlampe sah Gemma, wie ihre Schwester sich eine Stricknadel ins Ohr stieß. »Mach das nicht«, sagte sie, schlaftrunken. Am nächsten Tag hielt Quirine den Kopf zur Seite geneigt, schwieg sich gegenüber allen aus, zupfte sie, Gemma, aber von Zeit zu Zeit am Ärmel. »Er wollte nicht...«

31

»Was für ein schöner Platz.«

»Ja. Von hier aus kann man bis nach Haarlem schauen.« (Sie sind die Leiter hinaufgestiegen und stehen auf dem flachen Dach. Tote Blätter. Vertrockneter Schlamm. Eines der Giebelornamente – sie erinnern an Zinnen – wird von einer Stange gestützt.)

»Ist das da die Scheune mit der Lichtkuppel?«

»Ja, das heißt, eigentlich die meines Onkels.« (Sie hat ihm erzählt, daß ihr Vater trotz Quirines Tod die Modernisierung des Betriebs vorangetrieben hatte.)

»Stimmt es, daß die Mauern heller, die Fenster größer sind als die hier?«

»Ja.«

Piet van Rijn fand es drinnen auf einmal zu dunkel. Auf einmal wollte er in Sichtweite des Mutterbetriebs lieber etwas Helles sehen, etwas Lichtes, das normalen menschlichen geschäftlichen Leistungen vorbehaltlos offenstand.

»Er ließ die Mauern sandstrahlen. Unter die Lichtkuppel kam der Verarbeitungsraum für den Export.«

Sie gehen zum Rand des Daches. Weil die Sonne von hinten kommt, haben sie – jedenfalls in dieser Höhe – kaum Schatten. Es geht ein wenig Wind. Vincent, dem die ganze Zeit bewußt ist, daß er sich eigentlich beeilen muß, spürt ihren flatternden Rock an seinen Beinen. Er nimmt sich vor, sobald es geht, eine ganze Nacht bei ihr zu bleiben, um im Stockfinstern ihren Körper zu berühren.

»Wie es aussieht, hatte er großartige Ideen.«

»Von langer Dauer waren sie nicht.«

Er wußte es wahrscheinlich schon eine Weile. Er hatte sich wegen einer merkwürdigen Stelle neben dem Ohr behandeln lassen. Gemma saß einmal mit ihrer Mutter auf der Veranda vor dem Wintergarten, als er sich wie ein alter Mann mit beiden Händen am Geländer die kleine Treppe hinaufmühte. An mehr hat sie sich nie erinnern können. Sie muß bei der Beerdigung gewesen sein, in Schwarz gekleidet, siebzehn Jahre alt. Das wurde ihr klar, als sie später, nach Monaten, voller Interesse wieder um sich zu schauen begann. Ja, sie war auch krank gewesen, doch diesmal nahm die Krankheit eine Wende zum Guten. Die kleine Enzephalitisepidemie, die im Mai das Dorf heimsuchte, forderte drei junge Opfer, ließ Gemma jedoch am Leben.

Es war sehr angenehm, wieder gesund zu werden. Es war Sommer. Sie fühlte sich, als treibe sie auf Wasser dahin. An ihrem Bett saß eine Tante, die sie kaum kannte, die ihr aber ganz lieb das Gesicht mit einem weichen Waschlappen einseifte. Und die eines Tages nicht mehr umhinkonnte, ihr zu erzählen, warum ihre Mutter nicht da war. Gemma, noch immer ohne einen Gedanken im Kopf, schaute zum himmelblauen Fenster hinter dem Fußende des Bettes. Sie glaubte, ihre Mutter verstehen zu können. Mit nur noch einer Tochter, im Koma, hatte sie sich offenbar frei genug gefühlt, eine Handvoll Pillen mit ein paar ordentlich gefüllten Gläsern Kognak hinunterzuwürgen und sich dann in aller Ruhe hinzulegen. Juli ist eine schöne Zeit zum Gesundwerden. Wolken mit strahlend weißen Rändern rücken am Himmel sanft ein Stückchen voran. Ihre Tante brachte ihr das Abendessen ans Bett und ließ ihren Mann sicherheitshalber nachts alle Fenster und Türen im Erdgeschoß zuschließen.

Anfang August wird er sie bitten, bevor sie an diesem Abend zu Bett geht, den Hausschlüssel draußen zwischen die Blumen zu legen. Sie tut es. Nachts, tief im Schlaf, hört sie die Haustür zuklicken, sie hört Geräusche im Flur (die Hunde werden beruhigt und gestreichelt) und danach Schritte auf der Treppe. Halb wach, hört sie ihn sich durch die Dunkelheit tasten, sie hat keine Lampe brennen lassen. Als er die Tür zu ihrem Schlafzimmer geöffnet hat, hört sie seinen Atem. Für einen Moment beläßt sie es dabei, heftig fasziniert, dann wird sie von ihren eigenen Erwartungen übermannt. »Komm.« In dieser Nacht wird es bei diesem einen Wort bleiben. Nach ihrer Umarmung, die kurz ist, aber fast schon schmerzhaft sinnlich wie während eines Traums, fallen sie so umgehend in Schlaf, daß es scheint, es sei ihnen nur auf diesen Schlaf angekommen. Vincent steht, kurz bevor es zu dämmern beginnt, auf, was bedeutet, daß überall die Vögel lärmen. Auch jetzt findet keine Unterhaltung statt. Während er sich rasch anzieht, dreht Gemma sich noch einmal um. Sie hört ihn herumkramen, spürt plötzlich, daß er weg ist. Unten wird ein Auto gestartet. Sie zieht sich das Laken übers Gesicht und weiß, daß er mittlerweile auf die Straße biegt. Sie vermutet, daß er sehr schnell fahren wird, weil er rechtzeitig, noch bevor die Vögel wieder still werden, im Bett zurücksein will bei seiner Frau, die einen seltsam festen Schlaf hat, wie sie weiß, deren Leidenschaften sie aber weiter nichts angehen.

Während sie duscht und sich frisiert, ruft sie sich in Erinnerung zurück, wie genußsüchtig sie ihren Schlaf mit einem anderen als dem eigenen Mann geteilt hat. Sie findet keine Erklärung für ihr Verhalten. Daß es möglicherweise nicht einmal nur die Person ihres Geliebten ist, die sie so verrückt macht, sondern auch noch etwas anderes, etwas Unbekanntes, das sich indirekt, aber geschmeidig und resolut in ihren Ehebruch mischt, ist eine Möglichkeit, die ihr nicht in den Sinn kommt.

Logischerweise.

Es ist ein kühler Morgen. Sie macht sich an die Arbeit. (Sie ist Korrektorin für mehrere Zeitschriften.) Nach einiger Zeit geht sie kurz in den Wintergarten, zu dem Papagei, der morgens immer ein wenig bedrückt ist, nicht aus dem Käfig will, aber gern mit einem kleinen Wort getröstet werden möchte.

Sie geht mit dem Gesicht an das Gitter. Er sieht sie mit schräg weggedrehtem Kopf von unten her an.

»Tja«, sagt sie leise. »Was sollen wir in unserem Körper, nicht wahr?«

So werden sie für kurze Zeit still werden, eine Frau und ein alter grüner Papagei.

Die S-Kurve

32

Wie kam es, daß ihr im nachhinein fast nur das Bild der Schwester bleiben sollte? Als Schicksalsverbundene, als dunkle Kraft? Die anderen ausschließend?

An diesem Vormittag, als sie nach einem Besuch beim Tierarzt nach Hause fährt, kommt Gemma zu der S-Kurve, in der ihr Bruder seinerzeit verunglückt ist. Am Straßenrand steht ein Warnschild, das ihr nicht mehr auffällt, wie jeder aus dem Dorf weiß sie Bescheid. Kurz vor der Kurve liegt auf dieser Straßenseite ein Weg, der zu den Feldern führt. Gemma weiß noch, daß früher immer ein ekliger langhaariger Hund hervorschoß, um jedes vorbeifahrende Auto aus unangenehmer Nähe anzubellen, seit geraumer Zeit schon ist das Tier von der Bildfläche verschwunden. Der Unfall ihres Bruders trug sich nicht hier zu, sondern auf der gegenüberliegenden Seite, wo der Sand am Straßenrand die Neigung hat, auf die Fahrbahn zu wehen. Es ging auf Ende April zu, die Straßendecke war warm, er kam vom Meer her. Wie alle in der Umgebung müssen sie auch bei sich daheim die Sirenen der Polizei und darauf die des Unfallwagens gehört haben, doch die wahnsinnig machenden Töne erreichten sie erst verzögert, als ein Mann stammelnd, mit sich überschlagender Stimme bei ihnen an der Tür erschien. Gemma war damals ein unbekümmertes Ding von ungefähr sechs Jahren. Wenn später der Rest der Familie zusammenzuckte, weil wieder einmal Sirenen in der Ferne ertönten, dachte sie weiter an die Osterferien.

Jetzt verringert sie die Geschwindigkeit und gleitet durch die Kurve, so etwas dauert höchstens drei Sekunden. Man sieht ihr an, falls ihr ein Lied im Kopf herumgegangen wäre, dann hätte sie es gesummt. Wer jung ist, der findet dieses ganze Gelebe um sich herum völlig normal. Genauso normal wie die eigenen Phantasien, von denen man erwartet, daß sie bald, in der Wirklichkeit, feste Form annehmen werden. Als Gemma aus dem Koma erwachte, war das Leben ihrer Familie ausgelöscht, nicht aber ihre Zukunftsträume. Das erste, dessen sie gewahr wurde, war der plätschernde Wasserstrahl auf dem Flur, dann das Sonnenlicht. Ihr Gedächtnis enthielt in diesem Moment nichts weiter als den Schmerz in ihrem Hinterkopf, der auf so angenehme Weise verebbt war. In dem Maße, wie ihre Kräfte zunahmen, begann wieder alles zu arbeiten.

Wo sind sie alle geblieben? dachte sie.

Was machten sie? Wie sahen sie aus? Trug ihr Vater sonntags nicht einen grauen Anzug, ging er nach dem Mittagessen nicht trotzdem kurz aufs Feld? Weißt du, Junge, hört sie ihn sagen, daß die Blumenzucht höhere Gewinne abwirft als die Hoogovens-Betriebe? Das ist also an ihren Bruder gerichtet, Laurens, den Erbprinzen, den Liebling im Haus und den künftigen großen Arbeitgeber hier in der Gegend. Wußte er nicht bestens mit Autos Bescheid? Hatte er nicht ein Mädchen, das eine Ausbildung zum Mannequin machte und daher beim Gehen die Hüften wie Pflugscharen vorstreckte? Er war ein schrecklich netter großer Bruder, doch jetzt, wo sie an ihn denkt, sieht sie in erster Linie Quirine. Die ihn angrinst, die mit ihm in der Küche steht, wo sie Pansen für den Hund schneidet und Laurens zuschaut und sagt: »Igitt!« Es ist wirklich sehr eklig. Quirine greift in das geschnittene, geriffelte Magengewebe, in dem sich noch lauter nicht ausgeschiedene Exkremente befinden. Neben ihr voller Spannung der Hund. (Ein Retriever, Hüftdysplasie, nicht älter als acht geworden.) Dann bückt sie sich und stopft mit ihren eigenen Händen das Maul des Tieres voll, das, seine Instinkte bezwingend, vorsichtig zubeißt und schluckt. Quirine schaut währenddessen über ihre Schulter hoch: Siehst du's, Brüderchen? Begreifst du, daß ich hier im Haus diejenige bin, die dieses liebe Tier am meisten liebt? Wenn du heute ein Stündchen mit ihm am Strand spazierengehst, nehme ich mir morgen zwei Stunden Zeit dafür. Laurens, ihr Bruder, schärfer hat sie ihn nicht mehr gesehen als über Quirines Gesicht, das unter den Augen immer etwas beulig, etwas geschwollen war, als hätte sie sich gerade schrecklich über etwas aufgeregt.

Sie erholte sich schnell. Sie aß. Aufrecht im Bett sitzend, hatte sie in den Nebeln über dem Lethe eine Lücke entstehen sehen, in der sie fürs erste lediglich *eine* bekannte Gestalt entdeckte, die sich, einen schweren Korb vor dem Bauch, verärgert umsah. Was macht es schon, wird schon werden, nahm sie an, denn wer über einen frühen Tod siegt, hat etwas Großzügiges, das zumindest eine Zeitlang, manchmal jedoch auch ein Leben lang anhält. Ihre Tante stellte Dahlien auf den Tisch, ihr Onkel war ihr bei der Schätzung und Liquidierung des Betriebs behilflich, bald schon stand sie jeden Morgen um sieben auf, um im Meer zu schwimmen.

Anfang August organisierte ihre Tante ein kleines Fest (»Ein Fest?« »Ja. Du wirst doch achtzehn.«) Gemma wurde achtzehn. (»Wen soll ich einladen?«) Auf der anderen Seite des Tisches voller Feiernder hob einer der Meeuwenoord-Jungs das Glas und wartete, bis Gemma seinen Blick auffing. Er war fünf Jahre älter als sie, sah blendend aus und gehörte durch seine Abstammung zweifellos in dieselbe Landschaft wie ihre betrauerte Familie, kurz und gut, Gemma schlug den Blick nicht nieder, sondern stützte die Wange in die Faust. Ihr Haar fiel ihr über die nackten Schultern. Binnen eines Jahres sollte sie ihn heiraten.

Oh! Es war Liebe, Erotik vom Feinsten! So jung sie war, so talentvoll erwies Gemma sich in diesem größten aller Lebensthemen. Manche Frauen wissen Bescheid, sie stehen, was die Zuchtwahl angeht, Tieren mit scharfen Erkenntnissen in nichts nach. Der Mann, dem sie, ohne zu überlegen, ihr Jawort gab, sollte sich als klare, großherzige Persönlichkeit erweisen, ein Mensch, der nichts vom Leben erwartete, das er nicht auch bekommen und – wichtig – mit Fürsorge umgeben konnte. Sie sollte ihn sehr liebhaben, sie sollte ihm zwei Kinder schenken und danach nicht, was leider zuweilen vorkommt, weniger wild auf seinen Körper sein. Es sollte erst nach zweiundzwanzig Jahren dazu kommen, daß sie sich in einer Stimmung, so frei, so licht, in diesem Fall so rücksichtslos, wie sie sich lange nicht mehr gefühlt hatte, für einen anderen Mann schnell aus den Kleidern schälen und Kleid und Unterwäsche einfach irgendwo hinschmeißen sollte.

33

Als Gemma durch die S-Kurve fährt, steht, was Vincent anbelangt, alles wieder im Zeichen seiner Torheit. Gewissen Dingen, Dingen, die ihren Willen in den Sternen bekundet haben, kann man einfach nicht entrinnen, es gibt niemanden, der das im Grunde seines Herzens nicht wüßte. Vincent wird von diesem Abend an damit beginnen, sich Ausreden auszudenken. Erst ganz normale. Mal schnell ein Stück spazierengefahren. Mal schnell ein Stück am Meer entlang. Dann, in dem Maße, wie er immer größere Risiken eingeht, werden seine Ausflüchte etwas Verrücktes bekommen.

»Schnell mal ein Glas Wasser geholt.«

Noor wird alles glauben.

Einmal findet er sie aufrecht im Bett sitzend vor. Morgengrauen im August. Vincent, der es besser wissen müßte, erschrickt und glaubt einen Moment lang, seine Frau sei aus dem Schlaf aufgeschreckt. Sich beherrschend, geht er mit der Miene eines Falschspielers zu dem auf der einen Seite aufgeschlagenen Bett, er trägt einen Schlafanzug, hält ein Glas Wasser in der Hand. Er ist bis aufs äußerste auf der Hut. Gerade eben erst in einem Wahnsinnstempo durch den anbrechenden Tag hergesaust, muß er auf die Atmosphäre dieses Schlafzimmers umschalten.

»Was hast du gemacht?« lautet Noors Frage. Ihre Stimme ist so wach wie die einer Lehrerin.

Er blickt in ein Paar völlig ausdrucksloser Augen.

Seit einiger Zeit sind ihre Traumvisionen sehr angenehm, folglich erzählt sie gern davon. »Heute nacht bin ich durch die Luft geschwebt«, erzählt sie Vincent gemütlich. Oder sie erzählt ihm: »Ich bin auf einen Berg gestiegen, es war kinderleicht.« Oder: »Ich bin durch den Süden von Colorado gewandert und kam am Ende des Tages zu einem Felsplateau, wo eine kleine Hütte aus Fichtenholz stand, und stell dir vor...« Augen auf ihren Mann gerichtet. Der allerdings stellt sich nichts vor. In dem Moment nicht, nein. Während sie erzählt, wie sie die Tür öffnete und einen kleinen Raum betrat, in dem es nach frisch verbranntem Holz roch, sinnt Vincent tief in sich über ein paar andere Dinge nach und nimmt mit ihrer guten Laune vorlieb.

Nun also ihre Frage. Die ein Reflex ist, Teil des intimen Kreuzverhörs, auf das sie aus welchen Gründen auch immer Wert legt. Vincent bückt sich und stellt das Glas Wasser auf den Nachttisch. Er spürt, daß ihr Gesicht ihm noch immer zugewandt ist. Sich erinnernd, daß sie sich ihre schönen privaten nächtlichen Abenteuer doch wirklich durch nichts wird stören lassen, schlüpft er ins Bett. Aus dem Bedürfnis heraus, ihr trotzdem eine Antwort zu geben, dreht er sich zu ihr um und schaut aus so großer Nähe zurück, daß er ihre schläfrige Wärme einatmet. Einen Augenblick lang hat er vor, ihr zu erzählen, daß er in einem Land mit einem anderen Klima war, daß er fremde Aussichten gesehen, fremde Gerichte gegessen, an fremden Lebensgewohnheiten teilgenommen und ein paar Dinge erlebt hat, von denen er noch nicht einmal wußte, daß es sie gab, die ihm aber trotzdem sehr gefehlt haben. Dann sagt er gähnend: »Schnell mal ein Glas Wasser geholt.«

Zufriedengestellt legt sich Noor wieder hin. Hinter den Vorhängen beginnt der Tag. Noch eine Stunde wird sie die Freuden des Schlafes genießen können, der bereits ein paar Tatsachen birgt, die sie erst nachher beschäftigen werden: um halb acht Uhr aufstehen, heute ist Praxistag, um halb neun wird sie in ihrer weißen Kittelschürze die Haustür öffnen. Sie ist von ihrer Arbeit zunehmend angetan. Eine gewisse Trauer, die sie wie jeder Mensch mit sich herumträgt, ein gewisser Mißmut, der sich nicht ohne weiteres zutreffend beschreiben läßt, weil er aus einem nebelhaften Bereich stammt, scheint immer weiter in den Hintergrund zu verschwinden, an eine Stelle, die nach den Gesetzen der Porträtkunst gewiß auch eine Rolle spielt, allerdings nur in gedeckten Tönen. Was Noor damals so sehr an sich selbst wunderte, war, daß sie diesen jungen Onkel ihres Mannes abstoßend und zugleich anziehend fand. Er war ein ausnehmend properer, glattrasierter und gepflegter Mensch, er trug ganz leichte Anzüge, wenn man sich seinen Schnurrbart ansah, fragte man sich, wie er das hinbekam, mit einer scharfen kleinen Schere, über einem Lippenpaar, das wie Moosbeeren kurz vor dem Platzen zu stehen schien. Als er einmal bei ihnen aß und sie aus der Küche ins Zimmer kam, sah sie ihn mit den Fingern auf dem Damasttischtuch herumtrommeln. Es stand außer Zweifel, daß er an sich halten mußte, nicht mit einem harten Ruck daran zu ziehen.

34

»Schon wieder?«

»Ja, allmählich geht's auf keine Kuhhaut mehr.«

»Können sie denn nicht mal jemand anders nehmen?«

»Ich bin nun mal der Stationschef, Noor.«

»Stimmt. Aber, na ja, ich meine, es wird doch arg viel geredet, nicht?«

»Sehr viel, ja.«

Er wird schrecklich oft abends für eine Besprechung zurück in die Stadt müssen. Er wird auch, bei Notfällen, operieren müssen. Er wird sehr beschäftigt sein, aber tun, was er offensichtlich zu tun hat, und dabei die größte Entschlossenheit ausstrahlen. Im September hat Noor Geburtstag. Er wird ihr und Diamantina de Fatima helfen, die Flaschen und Gläser bereitzustellen, und gemeinsam mit seinem Töchterchen Sonja auf die Klingel achten und den herbeiströmenden Gästen aus den Mänteln helfen. Freunde und Kollegen, etwa zwanzig an der Zahl, die das Haus schon bald mit dem eigenartigen Stimmengewirr erfüllen werden, das einen manchmal zu der Frage veranlaßt: Was soll das?

Im Erdgeschoß stehen alle Türen offen, abgesehen von der zur Praxis. Er geht herum, plaudert mit den Leuten, gießt nach Möglichkeit persönlich die Gläser voll. Über das Treppengeländer rutschen Kinder, die er noch nie gesehen hat. Noor ist der Mittelpunkt, von Zeit zu Zeit fällt sein Blick auf ihre lange, dunkelhaarige Erscheinung, in mattes Kupfer gekleidet, und es gibt fast immer eine Hand in ihrer Nähe, die das Glas erhebt und mit ihr anstößt. Ihm fällt auf, daß das Wohnzimmerlicht, das jetzt von Rauch erfüllt ist, wie eine vielarmige Wasserflut die aus drei oder vier Leuten bestehenden Grüppchen umschlingt. Ebenso fällt ihm auf, daß die Männer tief und laut reden und daß es die Frauen sind, die für Gelächter und Geflüster sorgen.

Er spürt einen Strom ruhiger Emotion, kann nicht denken, was auch nicht das Wichtigste ist.

»Herr Doktor!«

Diamantina de Fatima, im Ausschnitt der hinter der Flurtür gelegenen Küchentür. Sie hat ihn nicht gerufen, sondern den Ruf mit den Lippen geformt. Er steuert auf das Dienstmädchen zu, das dabei ist, die Platten für das Büfett zu garnieren.

»Ich krieg ihn nicht raus.«

Sie umklammert mit beiden Händen sowohl eine Silberplatte als auch die darauf gestürzte Steinform eines Fisches, die, wie er vermutet, einen Lachs in Gelee enthält.

»Gib her.«

Er beginnt, wie sie kurz, kräftig zu schütteln, es tut sich aber nichts.

Er denkt nach. »Sollen wir ihn schnell mal in heißes Wasser tun?«

»Auf keinen Fall!«

In der Tür stehen jetzt zwei farbenfreudige weibliche Gäste, im Begriff, sich einzumischen, da ist Noor. Sie schiebt ihre Freundinnen mit den Fingerspitzen zur Seite, nimmt die Form von der Platte, legt kurz beide

Hände darum, dreht sie auf dem Silber um und läßt einen schmatzend daraus entweichenden Fisch frei, der, sanftorange, mit Schuppen aus weißen Mandeln, noch eine ganze Weile nachzittert.

Die beiden Freundinnen pfeifen leise.

»Da!«

»Was für ein Gedicht!«

Ein Stück entfernt im Haus klingelt das Telefon. Vincent eilt in die Diele, natürlich ist es für Noor. Während er hört, wie sie ein Gespräch beginnt, irgend etwas mit Schuhen, als liefe sie an diesem Abend zufällig mit diesem Thema im Kopf herum, stößt er die Tür zu seiner Praxis auf, einen Grund dafür gibt es nicht. Mondlicht fällt herein. Rechts von ihm steht die Holzbank, links vor dem Fenster der Empfangstresen aus weißem Kunststoff, mit einem Glas Rotwein in der Hand kann man seinen Blick, Gott weiß warum, von so etwas ziemlich verzaubern lassen. Gut so, hinter der Tür erklingt jetzt auch noch Musik. Er hört Noors Stimme (»Größe neununddreißig. Sie müssen sofort bequem sitzen, finde ich.«), erst begleitet von einem Saxophon und dann in ein paar Becken und Drums aufgehend. Auf der Bank sitzend, denkt er: Es ist Samstag, eine klare Mondnacht, dieses Fest nähert sich dem Höhepunkt, und das tut auch mein Leben.

Plötzlich sieht er, daß jemand offenbar vergessen

hat, den Computer auszuschalten. Ja, genau, so ist es, der Bildschirm leuchtet auf und spiegelt sich in der Fensterscheibe ihm gegenüber sehr deutlich. Er schließt die Augen. Auch dann sieht er ein weißes flackerndes Viereck voller Spiegelschrift, die er natürlich nicht lesen kann.

Als das Fest vorbei ist, hat er wenig genug getrunken, um ein paar Gäste nach Hause zu fahren.

»Nett von dir«, sagt Noor.

Er fährt die Oude Zeestraat entlang, liefert die Freunde an ihrem Haus in Noordwijkerhout ab und fährt dieselbe Strecke zurück. Am Ruigrokseslag bezwingt er die Neigung, abzubiegen, denkt aber nur wieder einmal an den kleinen Kalender mit den Seiten, die in letzter Zeit bis auf einen Termin hie und da leer und weiß geblieben sind. Er passiert eine Zufahrt, eine vorfahrtsberechtigte Kreuzung, dann fährt er in die S-Kurve ein und verbindet damit sozusagen zum zweitenmal an diesem Abend einen armen, frühzeitig verstorbenen jungen Mann mit Noor, die mittlerweile ihr kupferfarbenes Kleid auf einen Haken hängt und bereits plant, sich gleich von ihrem Mann in die Arme schließen zu lassen.

35

»Bei der stickendheißen Windstille nachts konnte keiner von uns schlafen. Ich versuchte es unter Deck, wo es dank der Klimaanlage ein ganzes Stück kühler war. Nach einer halben Stunde wurde ich trotzdem zu unruhig und ging wieder an Deck. Als ich durch das Luk stieg, sah ich, wie wüst der Erste Steuermann, die Hände an den Speichen, in die Dunkelheit starrte. Mit dem Rücken am Ruderhaus, habe ich dann noch zwanzig, dreißig Minuten dagelegen und gewartet, was sollte ich sonst, der Zeiger der Gefahr hatte schon vor Stunden ausgeschlagen, doch was passierte, nichts. Um sich zu beruhigen, kann man trinken oder einen kiffen, aber das beste ist, sich, wenn man kann, ein bißchen totzustellen. So lag ich also da, halb ohnmächtig, als ein ohrenbetäubendes Geräusch von zerreißendem Metall mich aufspringen ließ. Das Schiff hatte praktisch sofort schwere Schlagseite. In den Suchscheinwerfern ragte eine schwarze senkrechte Wasserwand auf. Dann wurden von den querlaufenden Seen die Scheiben eingedrückt. Aus den entferntesten Winkeln des Schiffs begannen mir jetzt die Sachen um die Ohren zu fliegen.« *(Memoirs of the ocean)*

Die Kreuzung

36

Kurz bevor die Fahrbahn ansteigt, wird sie von einem kerzengeraden Weg gekreuzt. Noor bremst nicht ab. Sie hat bereits gesehen, daß auf dieser kleinen Verkehrsader, die noch vor einem halben Jahrhundert die wichtigste Verbindung der Küstenorte Katwijk und Noordwijk mit der Stadt Haarlem war, kein Auto zu sehen ist. An diesem Schnittpunkt, der ziemlich genau angibt, wo die einstigen Moorgebiete und die jungen Dünen aufeinanderstoßen, bog Großvater Jan van Rijn 1949 nach links ab, nach Hause. Er fuhr in einem bordeauxroten Citroën Familiale. Nachdem er mehr als anderthalb Monate in Südfrankreich die Bodentemperatur gemessen hatte, fand er, es werde Zeit, sich daheim mal scharf ans Kalkulieren zu machen. Ein erfolgreicher Züchter, in weißem Oberhemd, die obersten Knöpfe geöffnet, seine großen Hände lagen entspannt auf dem Lenkrad. Kurz nach Weihnachten, als seine *Blue Quirine* mit einem Diplom ausgezeichnet worden war, war sein Denken in den Bann einer riskanten Träumerei geraten: ein Feld nördlich von Marseille, wo der stickstoffreiche Boden von Natur aus warm genug ist, um die *Hyacinthus orientalis* ohne die geringste Wärmebehandlung zu frühzeitiger Blüte zu bringen. Es war ein sonniger Herbstnachmittag. Jan van Rijn kurbelte beide Seitenfenster herunter, wodurch die Federn des Vogels auf seiner Schulter aufwehten, eines Amazonenpapageis, der zu einer der Arten gehörte, die für ihr Sprechvermögen bekannt sind, was von Menschen immer wieder als Beweis ihrer überlegenen Intelligenz verstanden wird. Und was ist daran so komisch? Es ist ein interessanter Standpunkt, durchaus vertretbar. Worte, etwas zu sagen haben, worum sonst geht es denn hier? Die Welt ist ein verbales Gebilde, von Anfang an so konzipiert. Befehle, Monologe, Geschichten sind Naturkräfte, wer also den Mund auftun will, soll sich bloß nicht davon abhalten lassen!

Kurz und gut, als Opa van Rijn aus dem Süden zurückkam, brachte er einen sanftmütigen Hausvogel mit, der seine Stimme gern und gut benutzte. Wie alt das Tier war, ließ sich nicht schätzen, wahrscheinlich noch jung, denn es pickte neben Französisch und Marokkanisch, das es bereits beherrschte, außerordentlich schnell und in logischem Zusammenhang auch Niederländisch auf. Daß Wörter Absichten wiedergeben können, schien der Vogel zwar einzusehen, dennoch galt sein Interesse eher der konkreten Form der hörbaren Gegenstände. Er war ein Meister im Nachahmen der Pendeluhr, des Durchlauferhitzers im Bad und der Türklingel. Ging jemand auf die Schranktür zu, dann sorgte er antizipierend für das dazugehörige Knarren. Der Vogel war schon bald aus ganzer Seele seinem Herrn zugetan, er begleitete ihn überallhin und pflegte an dessen Hosenbein und Jackett bis in Höhe des Gesichts an ihm hinaufzuklettern. Als Jan van Rijn schon lange tot war, sorgte der Papagei mit großer Hingabe dafür, daß die Stimme des Blumenzwiebelzüchters im Hause gegenwärtig blieb, im Tonfall wie zu dessen besten Jahren, ganz wie er leibte und lebte.

37

Es wird Ende Oktober sein. In der Küche. Sie haben dagesessen und geredet. Worüber? Über nichts. Gemma hat gesagt: »Diese Dinge habe ich noch nie im Leben gekonnt.«

Er, Vincent (leicht vorgebeugt auf seinem Stuhl, eine hilfsbereite Miene aufsetzend): »Ja, ähm ... da irgendwo an der Seite muß ein Streifen sein, mit dem du das Zellophan einfach aufreißen kannst.«

Sie (kratzt mit einem Fingernagel über ein neues Teepäckchen): »Ich kann den Anfang nicht finden.«

Also ganz alltäglich, eine alles andere als tiefmenschliche Kommunikation (die trotzdem Teil einer Stunde ist, in der das eine Horoskop ausschließlich im Zeichen des anderen gelesen werden kann). Kein Wort davon wird im Gehirn hängenbleiben, es sei denn in Form eines unbestimmten Bildes: Vor dem heißen Aga-Herd liegen, in Handtücher gewickelt, die beiden Hunde zum Trocknen, sie sind gerade geduscht worden.

Dann ertönt über ihren Köpfen das leise Gurren des Papageis.

Als nächstes die Stimme. »Jawohl, schau.« In einer Art, die sofort die Aufmerksamkeit einfängt.

Das Tier dreht sich so lange auf seiner Kletterstange herum, bis es die Position eingenommen hat, aus der sich sein Blick eindringlich auf Vincents Gesicht richten kann.

»Mein Freund, Sie werden meine Freude verstehen!«

»He! Woher die Ehre ...«, sagt Vincent, dem nicht klar ist, daß er auf Opas Stuhl sitzt, über dem Kopf eine Reihe gerahmter Familienmitglieder, die nicht die seinen sind, aber trotzdem, nichts als Zustimmung, wohlwollend über ihn hinwegblicken.

Er verschränkt die Arme.

Der Vogel hüstelt nachdrücklich. Dann: »Nein. Das ist nicht unmöglich. Was denn? Sie müssen sie schlicht-und-ein-fach zur Blütenbildung zwingen!«

Fröhlicher Blick von Vincent zu Gemma, die mit dem Rücken zum Fenster sitzt.

»... Hören Sie. So. Hyazinthen, die zu Weihnachten blühen sollen, gibt man folgende Temperaturbehandlung.«

Draußen dämmert es bereits. Der Herbst wird in diesem Jahr kraftvoll sein, mit schnellen Farbwechseln. Gestern, als Vincent hier gleich nach der Arbeit ankam, hat er gesehen, wie Gemma die Sonnenmarkisen einzog, was ihm aus irgendeinem Grund die Stimmung verdarb. Er hat sie am Arm zur Veranda geführt, als verspüre er ein Bedürfnis nach einem ernsten Gespräch. »Hast du meinen Zettel gefunden?« hat er gefragt. Sie sah ihn an und sagte erst nichts. Dann: »Ja. Sehr lieb. Ich habe ihn sofort zusammengeknüllt.« Er lächelte kurz. Sie erläuterte: »Ich mußte mit meiner Tochter Quirine zum Notar.« »Ich weiß«, hat er mit so viel Nachdruck gesagt, daß es ihr auffiel, ganz kurz, nicht lange genug, um sich in Erinnerung zu rufen, daß es Termine gibt, die man schon Monate vorher in seinem Kalender notiert. Ein Arztbesuch, eine Bestellung, eine notarielle Transaktion, der Tag, für den man eine Reise nach Übersee geplant hat. Er hat in den Garten geschaut. Die Herbstkälte hat eingesetzt, zum erstenmal erstarrte Hände. Er hat festgestellt, daß die Ahorne und Buchen übereilt rot werden. »Komisch, nicht«, hat sie gesagt, »daß der Herbstbeginn einen so viel sanfter stimmt als der Frühlingsbeginn.« Als das Telefon klingelte, ist sie aufgesprungen und ins Haus gerannt. »Und?« hat er sie bei ihrer Rückkehr ohne Umschweife gefragt. »Das war mein Mann.« Sie hat sich wieder gesetzt. Er hat gesehen, wie ein Buchenblatt auf ihr Bein getrudelt ist. Als er aufschaut, hat er den Vorwinter durch die Bäume schimmern sehen, bereits eisig vorauslaufen sehen bis zu dieser letzten, glasklaren Notiz im Dezember.

(Über die sie beide schweigen, das ist so. Und über die sie doch, wie nach eingehender Beratung, eine schlüssige Vereinbarung zu haben scheinen. Zwei Tage vor Weihnachten wird Gemma mit Sohn und Tochter zu ihrem Mann nach New York fliegen. Danach wird ihre Geschichte, ihrer beider Geschichte, gleichsam im Leerlauf weiterlaufend, noch ein paar weiße, denkwürdige Seiten zugewiesen bekommen. Danach nichts. Wirklich nicht? Nein.)

»Küßchen! Oh, oh! Komm doch mit!«

»He, du. Ich warte auf die Temperaturbehandlung!«

»Hab nur Geduld. Er kommt schon noch darauf zurück.«

Sie hebt die Hand und bedeutet damit: Ich bin mir so gut wie sicher. Ihr Ärmel rutscht an ihrem Arm hoch. »Du siehst wirklich interessiert aus.«

»Bin ich auch.«

»Und deine Tasse?«

»Was ist mit meiner Tasse?«

»Sie ist leer.«

(Der Vogel lacht nun leise.) »Oh, oh! Schöner Mist. Na, dann tschüs!«

Vincent schaut durchdringend nach oben.

»Die Temperaturbehandlung«, sagt er.

Es folgt ein gellendes Pfeifen.

Er läßt nicht locker. »Raus mit der Sprache!«

Seufzen, Pusten. Dann sagt eine dunkle, angenehm-erklärende Stimme: »Roden. Und die Zwiebeln in einen temperierten Raum legen. Ja, sehen Sie ... Zwiebeln, die für die *Früh-blüte* bestimmt sind (Pfeifen) ...«

»Ja?«

»... geben wir erst zehn Tage lang eine Temperatur von drei-und-zwan-zig Grad Celsius. Was? Unsinn! Was sagen Sie? Ja, dann folgen zwei Wochen mit dreißig

Grad, drei-ßig!« (Jetzt schweigt das Tier geraume Zeit.)

Um das Gespräch in Gang zu halten, wiederholt Vincent: »Aha, drei-ßig!«

Darauf der andere sofort: »Unsinn! Was? Küßchen! Die optimale Temperatur für die Blütenbildung ist fünf-und-zwan-zig Grad Celsius ...«

Gemma folgt dem Geschwatze nicht mehr. Sie ist, solange sie zurückdenken kann, an diese Monologe gewöhnt. Sie zieht die Beine hoch, schlingt die Arme darum und legt das Kinn auf die Knie, so könnte sie einschlafen.

Sie hört noch, wie Vincent freundlich sagt: »Besten Dank für die Instruktionen.«

Und sie hört den Vogel in vertraulichem Ton noch etwas antworten. »Lediglich die *Blue Quirine* bildet eine Ausnahme. Anstatt zwei Wochen lang bei dreißig Grad fühlt sie sich wohler bei fünf-und-zwanzig (Gegurre) ...«

Lieber Gott, denkt Gemma, ist das hier warm. Sie schaut mit fast zufallenden Augen auf den Küchenfußboden, der aus kerzengeraden Profilbrettern besteht.

»Toll«, erklingt leise Vincents Stimme. »Ich hatte keine Ahnung, daß diese Züchterei so exakt, so mathematisch ist.«

Das Fenster hinter ihr ist nun fast dunkel.

38

Wo hatten sie gesessen? Sie hatten zu dritt im hintersten Teil der Scheune gesessen. Ja, es ging schon auf November zu, und der Hof war ein einziger Morast, und der Wind kam konstant aus Norden, aber dort, in der Scheune, blies eine Wärmekanone über die Köpfe der Frauen, die am Tisch saßen und arbeiteten: Quirine sowie ihre Gefährtinnen Maria van Bourgondiën und Greet van Bohemen. Die drei waren damit beschäftigt, eine Partie Hyazinthen in Mengen von je zweihundertfünfzig Stück abzuzählen, und das taten sie, täglich acht Stunden hintereinander, indem sie mit beiden Händen gleichzeitig die Zwiebeln packten – in der linken Hand zwei, in der rechten drei – und in einen Karton warfen. Ihr Gespräch würden sie dabei keinen Moment lang unterbrechen. Zählen? Aber das macht man doch nicht mit dem Kopf. Zählen ist eine Sache der Hände, immer gewesen.

Ah, und Quirine war schon seit Wochen bester Laune! Sie hatte gerade eine durch und durch wehmütige Geschichte erzählt, sie blies sich die Haare aus den Augen und schloß mit den Worten: »Sein Herz sollte, solange es schlug, ihr verbunden bleiben.«

Die beiden anderen sahen starr vor sich hin und

seufzten. Betäubt von den lebendigen Geschehnissen, die sie sich gerade angehört hatten, saßen sie unter dem Neonlicht, während ihre Hände, wie es ihre Aufgabe war, packten und losließen, packten und losließen.

»Da sieht man's mal wieder«, bemerkte Greet van Bohemen. »Die Taten kann man ja noch beherrschen, die Gefühle nie.«

Sie hatte kleine breite, an den Fingerspitzen einigermaßen dunkel verfärbte Hände, was nicht von den Zwiebeln herrührte, sondern von der Partie schwarzer und brauner Schuhcreme (mit Namen El puñal), die ihr Vater, ein Schuhmacher, vor seiner Werkstatt gelagert hatte. Die Hände der anderen Arbeitnehmerin waren dagegen groß und weiß, was nicht das einzig Auffallende war. Maria van Bourgondiën verfügte wie ihr Bruder (der allerdings war Muschelfischer von Beruf, und das bedeutete beißende Sonne, Salz) über ein Paar Hände, die oben bis zu den mittleren Fingerknöcheln mit störrischen bleichen Härchen bedeckt waren. Das ist ziemlich selten bei Frauen.

»Irreführend«, lautete ihr Kommentar auf das soeben Erzählte. »Irreführend für den Rest seines Lebens. Die Wahrheit steckt bekanntlich nur im Jetzt...«

Quirine trug einen Ring mit einem dunklen Granat. Während sie weiterarbeiteten, verrieten ihre Hände unwillkürlich etwas von der Atmosphäre, die damals sowohl zu Hause als auch bei der Arbeit herrschte, wobei viel ins Ohr geflüstert und düstere Blicke gewechselt wurden. Brütend? Auf Gemma wirkte das alles im Gegenteil fröhlich, sogar beruhigend.

Und alle naslang klingelte das Telefon.

»Für dich …«

Woraufhin ein Mann, der sich mit verlegener, angespannter Stimme gemeldet hatte, nicht nur eine Antwort von Quirine erhielt (eine Augenbraue hochgezogen, ein Zwinkern über die Schulter hinweg zu Gemma), sondern, wie es schien, auch ein Versprechen.

Angerufen, erwartet, abgeholt, angebandelt. Quirine kostete ihre Weiblichkeit weidlich aus, und warum auch nicht? Sie war Mitte Zwanzig. Auf dem großen Sofa im Wohnzimmer konntest du einen Mann mit einem unerklärlich düsteren Gesicht sitzen sehen. Vom Büro aus hörtest du jemanden wütend reden. An der Mattglastür mit der Aufschrift *Privat* tigerte einer der Reisenden in einem dunklen Mantel auf und ab und entblößte, als er dich sah, kurz seine Zähne. Nein, das *ist* nicht beunruhigend für ein Kind. Nicht einmal in dieser Jahreszeit und bei diesem Wetter. Schwer und feucht stand der Wind auf den Fensterscheiben des Schlafzimmers, in dem Quirine, in ernsthaftem Gespräch mit ihren Eltern, froh war, als sich die Tür unerwartet öffnete. Ja, komm nur, mein Mädchen!

Es war die stürmischste Zeit, die man sich nur vorstellen konnte. Nachdem der jüngere der beiden im Haus lebenden Knechte einmal auf den älteren losgegangen war und ihn mitten durch die Abdeckung eines der Ventilatoren mit dem Gesicht in die Schlitze gedrückt hatte (das passierte an einem Freitag), hielt van Rijn es für angebracht, alle beide zu entlassen. Der Knecht, der an ihrer Stelle ins Haus kam, war ein Junge mit schreckhaften Augen, weißen Wimpern und der Neigung, nachts im Dunklen herumzugeistern, was Gemma bemerkte, als sie einmal, aus dem Badezimmer kommend, gegen ihn prallte. Sein Schrei übertönte sogar noch den Schlagregen, er knipste sein Feuerzeug an.

Erschreckend. Sie beschloß, lieber bei ihrer Schwester unter die Decken zu kriechen, hinter der Flurecke, drei Stufen hoch, die Tür stand zufällig offen. Da, Quirine lag schlafend quer im Bett, die Arme bereits ausgebreitet. 2:11 AM: Die grünen digitalen Ziffern des Radioweckers beschienen den Hals und den kleinen Mund, der, rundum zwar etwas geschwollen, zufrieden offenstand. Die Nacht ... na gut, die Nacht ging vorbei, was läßt sich darüber noch sagen. Schlafend merkt man nicht einmal was davon. Am nächsten Morgen regnete es noch immer so stark, daß die Fensterscheiben der Scheune dunkelgrau waren. Bevor Gemma zur

Schule ging, lief sie hinein, um ihrer Schwester und deren Freundinnen guten Tag zu sagen, sie waren mit lässigem Tempo bei der Arbeit.

Als ob sie nicht unterbrochen gewesen wäre. Als ob das Licht nicht ausgeschaltet, die Tür nicht abgeschlossen gewesen wäre, als ob ihre Hände und Münder sich mit nichts anderem beschäftigt hätten. Tempo, Takt, Bewegung: Quirine erzählte etwas. Die beiden anderen Zwiebelzählerinnen, die Augen auf die Ernte der zu Ende gegangenen Saison gerichtet, als blickten sie in ihre eigene, ferne Wirklichkeit, unterbrachen sie einmal, um zu fragen, ob das alles wirklich passiert sei. Vorwurfsvoller Blick, keine Antwort. Die Arbeit ging unterdessen gut voran. Draußen wurde es allmählich heller. Eine Geschichte, charakteristisch für das wirkliche Leben, steckte an diesem Morgen – Fakten, Ereignisse – doch in erster Linie in ein paar Händen, zweckgerichtet zugreifend, einem Rhythmus unterworfen, den man, nachdem er sich eingestellt hat, mit stets denselben Bewegungen beibehalten muß, um irgendwann genau zu wissen: stopp, zweihundertfünfzig.

Dann nimmt man den nächsten Karton und fängt von vorn an.

In der linken Hand zwei, in der rechten drei.

39

»Es war einmal eine Frau, schön, in Liebe verheiratet, die eines Tages von einer beklemmenden Schwermut erfaßt wurde, und das geschah sehr plötzlich, als wäre sie mit dem Gesicht gegen eine Tür aus unzerbrechlichem Glas gerannt. He, was schaut ihr beide jetzt gleich bedripst! Das ist ein Fragment, ein Kapitel einer Geschichte, von der ich selbst nicht einmal weiß, ob sie nun wirklich so mißlich endet. Zu Beginn wehrte sie sich nicht, das stimmt. Öffnete sie die Fenster nicht mehr, weil etwas dagegen lehnte. Ging sie nicht mehr ans Telefon, weil es am anderen Ende immer knackte oder still blieb. Ließ sie ihre Post ungeöffnet, weil das Briefpapier selten oder nie beschrieben war. War eine Verschwörung gegen sie angezettelt? Danach sah es ganz aus, aber von wem denn bloß oder von was? Das ließ sich nicht eins, zwei, drei herausbekommen, und bald ließ sie es einfach dabei bewenden. Genauso wie Menschen, angesteckt von irgendeinem Leiden, sich nach einiger Zeit einfach von diesem Leiden regieren lassen und es sogar nicht mehr entbehren können, so, versteht ihr, gab sie sich dem Bösen hin, das in ihre Privatwelt eingedrungen war, darin wie eine Naturgewalt herrschte und ihrem Haus bis in alle Ecken und sogar den Möbeln und simplen Gegenständen wie Haarbürsten oder Kochtöpfen bestimmte ärgerliche Eigenschaften verlieh. Es gab Tage, um ein Beispiel zu nennen, da war, wenn sie nach unten kam, der Diwan ein Stück niedriger, und fast alle Stühle waren ein kleines Stück verrückt. Gut, hört zu, wie es weitergeht. Die Jahre verstrichen, und während das eine geschah, geschah das andere auch, denn das Wo und Wann der Dinge läuft nicht nach einem Plan ab. Ihr Mann liebte sie immer noch, ihr Kind wuchs heran, sie hatte Arbeit, und alles ging wieder ein ganzes Stück besser. Eines Morgens schaute sie hinaus. Das Fenster stand offen, und in der Luft lag etwas, was jeder von uns gelegentlich schnuppert, etwas, das sich bereit zu halten scheint, etwas Neues, das wir trotzdem sofort wiedererkennen. Es war Hochsaison. Die Sonne schien (...)«

40

Sie hatte zugeschaut, während Quirine aus der Badewanne stieg, sich abtrocknete und mit beiden Händen eincremte. Jetzt hörte sie in dem angrenzenden Zimmer Kleiderbügel, die hin und her geschoben wurden. »Schick ihn weg«, sagte sie, wobei sie jedes Wort betonte. Sie saß auf dem Hocker, das Gesicht dem in der gefliesten Wand ausgesparten Fenster, dem herumwirbelnden Schnee und dem Samstagabend zugewandt. »So«, sagte Quirine, die wieder hereinkam in einem braunen Kleid mit Ärmeln bis zu den Handgelenken. »Was sitzt du hier noch?« Dann bückte sie sich, gab ihr einen Kuß und ging zum Waschbecken. »Und?« fragte sie kurz darauf, während sie im Spiegel ihre Augen suchte. »Du bist ganz darüber hinweggegangen«, antwortete sie. Der Mund war knallrot. Nach einem Augenblick: »Du kannst doch einfach sagen, daß du keine Lust hast?« Quirine zuckte mit den Achseln. Mit starr gewordenem Gesicht drehte sie sich zur Kommode um und begann, in einer Schublade zu kramen. »Mach zu.« Dann, während sie mit den Fingern eine doppelte Steinkette auf ihrer Brust ausbreitete: »Wie findest du ihn eigentlich?« »Den Herrn da unten?« Sie war bereits vom Hocker aufgestanden. Während sie Quirines schweres Haar aus dem Nacken über die Schulter legte, antwortete sie: »Doof. Schrecklich.«

»Ich auch.«

»Dann geh doch nicht.«

»Doch, ich geh.«

»Bleib doch bei Gemma.«

»Kommst du dran?«

»Wenn du dich ein bißchen weiter zurücklehnst.«

»So. Gib mir jetzt mal meine Schuhe.«

»Die?«

»Ja.«

»Aber es schneit.«

»Der Herr wird mich schon tragen.«

»Du bist zu schwer.«

»Denkste.«

»Ziehst du keine Strümpfe an?«

»Hatte ich nicht vor.«

»Würde ich aber.«

»Gut.«

Die Schwerkraft

41

Es herrschte Glatteis an dem Morgen, an dem sie starb. Quirine war um sieben Uhr aufgestanden, was nicht nötig gewesen wäre, denn es war Sonntag und außerdem ein Sonntag im Dezember. Ende Dezember ist sogar die Erinnerung an Hektik und Arbeit auf den Feldern nichtssagend geworden. »Sie zog sich ganz leise an, um mich nicht zu wecken«, erzählte Gemma später an diesem Tag, als schon der Anlauf, als alles, was den Unglücksmoment weniger kurz und zufällig machen konnte, von Bedeutung war. »Sie schob den Vorhang nur am Rand ein kleines Stück beiseite, um ein wenig Licht von der Außenlampe hereinzulassen.«

Sie teilten sich zu dieser Zeit wieder das Balkonzimmer, das kurz zuvor frisch gestrichen und tapeziert worden war. Gemma, damals dreizehn Jahre alt, hatte auf ihrem Nachttisch einen ziemlich großen, verstellbaren Spiegel stehen, an dem Quirine, bevor sie das

Zimmer verließ, vorbeigegangen sein mußte. Sie trug einen Denimrock aus der Art von geflecktem Blau, das an Regenhimmel erinnert, und eine weiße Bluse und darüber eine Jacke, im Grunde Arbeitskleidung, die Bluse sah aber sehr dünn und zart aus, wie sie den Ausschnitt frei ließ und sich makellos vom verwehten dunklen Haar abhob, was Gemma später an diesem Morgen bemerkte und für immer in Erinnerung behalten sollte. Quirine lag halb auf der Seite. Die gelben Augen blickten guten Mutes geradeaus, und die Hände hatten sich mit den Handflächen nach oben gedreht, die Finger ein wenig gebogen.

»Sie hat nur mal einen Blick hinauswerfen wollen«, sagte van Rijn zu jedem, der an den darauffolgenden Tagen zum Kondolieren kam. Seine Stimme klang rumpelig, ein Zeichen, daß die ganze Angelegenheit sein Verständnis völlig überstieg, und müde, weil er es war, der jedesmal, wenn es klingelte, Rede und Antwort stehen mußte. Die Mutter weigerte sich, mit den Verwandten und der Nachbarschaft über das Drama zu sprechen. Mit fassungslosem Blick in den Augen wandte er sich an den Besuch, wobei er es vermied, irgendwen anzusehen. Er hatte seine Tochter innig geliebt und alle ihre Stimmungen hingenommen. War sie herzlich, adrett und patent, so deckte sich das schlichtweg mit dem, was sie in seinen Augen war und immer bleiben würde: die hübsche, nach seiner Mutter getaufte älteste Tochter des Hauses.

»Das hat sie schon öfter gemacht, aber jetzt war es glatt.«

Der Besuch betrachtete ihn ernst. Das Glatteis hatte tatsächlich jeden an diesem Sonntag überrascht und auf der Straße eine Menge Blechschaden verursacht. Aber dieses verrückte Weibsbild, was hatte die sich in den Kopf gesetzt, eine nette Kletterpartie am frühen Morgen? Gemma sah, daß man ihrem Vater Blicke zuwarf, so im Sinne von: »Glaubst du das selbst?«

Dabei wußte sie, ja, was, sie wußte, daß das flache Dach der Scheune ihre Schwester tatsächlich von Zeit zu Zeit ungemein lockte. Nur – nicht der Aussicht wegen. Es hatte als Jux im ersten Stock angefangen. Dort gab es etwa vier Meter hoch über der Erde Türen mit einer stabilen Metalleiste im unteren Rahmen, auf die man sich mit der Fußmitte stellen und so in perfekter Balance stehen bleiben konnte. Danach konnte man, indem man sich im freien Raum eine Idee vorbeugte, diese Balance kurz stören und dann wiederherstellen. Und so weiter, jedes Kind versteht das. Als Quirine einmal das Gleichgewicht verlor und mit Wucht auf dem Kiessand aufschlug, mußten beide, sie und Gemma, lachen. Quirine rieb sich die Steinchen aus den Händen, schaute nach oben und taxierte die senkrecht vor ihr aufragende Giebelwand. Darauf ein einladender Blick zu Gemma, die kurz nachdachte und dann paßte. Nach einiger Zeit bekam letztere Nackenschmerzen, weil dort, so hoch oben, eine dunkle, formlose Gestalt so lange kippelte, etwas vor und wieder zurück, daß sie dachte, sie würde wohl nie wieder damit aufhören. Was treibt jemanden in einem solchen Moment? Was geht um Himmels willen in einem vor? Das Unsagbare spricht unbemerkt auf einen ein. Zu weit, um als Stütze dienen zu können, stand links auf dem Dach ein Giebelornament mit einem Muster aus gelbglasierten Steinchen.

42

Im Dorf wußte man, daß sie vor kurzem mit ihrem Verlobten gebrochen hatte. Wegen so etwas springt aber keine Frau vom Dach. Im übrigen brach sie mit ihm, nicht umgekehrt. Es war eine unbegreifliche Sache. Ein junger Realschullehrer, jünger als sie, hatte sich ernsthaft in sie verliebt. Sein Fach war französische Sprache und Literatur, etwas, was die meisten Jugendlichen in der Blumenzwiebelgegend nicht unmittelbar ansprach, das heißt, um sein Deputat vollzubekommen, fuhr er frohgemut zwischen vier Schulen herum. Für weltfremd hatte niemand ihn gehalten, bis er mit Quirine anbandelte. Sah er denn nicht, daß sie als Lehrersfrau nicht die beste Figur abgeben würde? Was würde er tun, demnächst, wenn seine Ehefrau zeitweise nachts einfach wegblieb, wenn sie nicht redete, wenn sie noch nicht mal zum kleinsten Wort zu bewegen sein würde und wenn sie, sobald sie merkte, daß er sie ansah, die Augäpfel so weit nach oben verdrehen würde, daß er lediglich deren geäderten weißen, unteren Teil sehen würde? Es kam vor, daß sie sich selbst eine Fastenzeit auferlegte, während der es sich niemand einfallen lassen sollte, ihr auch nur einen kleinen Kräcker anzubieten, und daß sie trotzdem aus allen Kleidern herauswuchs. Wenn sie wollte, konnte sie sich anständig kleiden, und sie hatte wundervolles Haar, im Normalzustand gehörte sie zu diesem Typ voluminöser Frauen, die sich sehr geschmeidig bewegen, die gerade stehen. Fastete sie und wurde ihr Körper trotzdem fett, dann konnte sie einen plump und absichtlich über den Haufen rennen. Hatte er schon mal gesehen, wie sie bei der Arbeit, wenn jemand, um sie etwas zu fragen, ihr auf die runde, in ein Riesen-T-Shirt gehüllte Schulter tippte, wie sie dann, ohne sich umzudrehen, einen schweren Schritt zurück tat?

Nein, das hatte er nie gesehen. Er schenkte ihr eine

Orchidee. Er kam an einem freien Nachmittag in die Scheune, sah Quirine zwischen den sich hin und her bewegenden Maschinen und winkte ihr. In der Wohnküche fiel die Sonne auf die Oosterhouter Stühle und auf das Mahagonibüfett mit der Vitrine voll Limburger Kristall. »Das bist du«, sagte er einfach und gab der an Knallgelb und Grellrot gewöhnten Blumenzüchtertochter eine anmutig gebogene Pflanze mit einem indigofarbenen, fast verborgenen Tupfer in der weißen Blüte. Wie viele Zugeständnisse mußte seine Liebe machen, als sie daraufhin den Rock hob und ihm einen schmutzigblauen Fleck zeigte, sie hatte sich an einem Erdcontainer gestoßen. Sie versorgte die Pflanze nicht, doch Orchideen halten sehr lange durch, und sie warf sie erst im November weg. Ungefähr zu dieser Zeit wollte er ein Porträtfoto von ihr machen, sie weigerte sich zunächst. Leise pfeifend schraubte er seine Kamera auf das Stativ – sie befanden sich im Balkonzimmer – und bekam sie durch allerlei Scherze schon bald dazu, mit dem Gesicht zum Fenster für ihn zu posieren. Um ihre Aufmerksamkeit festzuhalten, hörte er nicht auf zu reden. »Connais-tu, comme moi, la douleur savoureuse«, murmelte er, während er den Belichtungsmesser an ihre Wange hielt. Als er zurücktrat (»Ah! Femme singulière ...«), blickte sie fasziniert ins Objektiv.

»Schön?« fragte Quirine Gemma eine Woche später, nachdem sie das Foto per Post erhalten hatte. Ohne ein Wort lehnte Gemma die Schwarzweißvergrößerung an die Zuckerdose und betrachtete eine Frau, die in einem dunklen Kleid mit einem schönen weißen Spitzentuch darüber auf der Lehne eines Armstuhls saß. Man konnte erkennen, daß jemand etwas Denkwürdiges zu ihr sagte, denn sie sah mit klarem Blick aufmerksam zurück. »Du kannst es behalten«, sagte Quirine.

An diesem Abend nahm sie Gemma mit zum »Paviljoen Acht«, einem Vergnügungslokal in den Dünen, das auch von den örtlichen Nutten besucht wurde. »Sitzt du gut?« fragte sie, bevor sie den Fendt startete. Weil Quirine keinen Führerschein besaß, nahm sie oft den kleinen Trecker, wenn sie irgendwohin mußte, und wählte dann die kleinen, abseits gelegenen Wege. Über die Schlaglöcher auf dem Hof gelangten sie auf die frühere Panzerstraße, die eine vom Mond erhellte Spur durch die Dünenlandschaft zog.

Ein eiskalter Wind fegte den Sand im Kreis umher.

»Geht's?«

Aber ja, natürlich. Friedlich vor sich hin frierend entfernte sich Gemma zum soundsovielten Mal mit ihrer Schwester von der bewohnten Welt, dann und wann schaute sie zur Seite, sah das träge Lächeln mit dem dazugehörigen Grübchen in der Wange und wußte, daß sie jedes Geheimnis miteinander teilten. Hinter dem Bunker ging es rumpelnd abwärts. Nach ein paar hundert Metern hielten sie neben dem Pavillon. Sie hörten das Meer und Gitarrenmusik, gingen an einem schlafenden Rottweiler vorbei und fanden einen Tisch am Fenster. »Nimm auch einen Schnaps«, sagte Quirine. Sie tat es und fühlte, wie sie bis in die Zehenspitzen hinein warm wurde, vor allem aber bis tief in die Brust. Lampionlicht. Nette Männer und sehr schöne Frauen, die dicht beisammen an der Theke standen und schwatzten und auch regelmäßig kurz von ihr und Quirine Notiz nahmen. Als Quirine das Fenster öffnete, hatte offenbar niemand etwas dagegen, daß es drinnen etwas frischer wurde. Jetzt saßen sie beide, auf den Ellbogen gestützt und den Blick aufs Wasser gerichtet, da und sahen, wie sich dessen leuchtende Schaumgrate vorwärts schoben. Das Geräusch der Brandung klang näher. Schauen und Lauschen sind persönliche Formen des Wahrnehmens, aus denen jeder seine eigenen Schlußfolgerungen zieht. Gemma merkte, daß Quirine von Minute zu Minute isolierter, weißer und entschlossener aussah. Und in dem Moment, in dem sich ihre Schwester ihr wieder zuwandte, hörte sie bereits, im voraus, was diese ihr gleich vorschlagen würde: »Wie wär's, wenn wir jetzt schwimmen gingen?« Womit sie meinen würde: Schön weit, so weit, wie wir nur kommen können in Richtung England.

Sie sahen sich an.

»Ja?« sagte Gemma. »Was ist?«

Quirine lachte. Sie ließ ein wenig Zeit verstreichen. Dann zuckte sie mit den Achseln und beugte sich weit hinaus. Sie griff nach den beiden Fensterflügeln und zog sie zu. »Möchtest du eine Cola?« fragte sie mit einem forschenden Blick auf den Basküleverschluß. Sie drückte den Griff herunter.

Einige Tage darauf machte sie mit ihrem Freund Schluß. Der wird schon darüber wegkommen, dachte man im Dorf, wenn man den Lehrer bedrückt auf der Straße sah. Die endlose Zahl an Möglichkeiten, eine Frau kennenzulernen, wird den Schmerz in seinem Herzen wohl ersticken. Er hat noch versucht, sie für sich zurückzugewinnen. Nur der Himmel weiß, ob ihm das nicht auch gelungen wäre, hätte die Katastrophe sich nicht ereignet. Es ging auf Ende Dezember zu.

Kurz vor ihrem Tod hat Quirine die neuen Vorhänge zur Seite geschoben. Sie hat sich in einem Lichtstreif angezogen. Es war kalt. Sie und ihre Schwester liebten es, bei offenem Fenster zu schlafen. Sie löste ihren Zopf und fuhr sich mit einem Kamm durch das Haar. Bevor sie das Zimmer verließ, beugte sie sich kurz über das Doppelbett. Gemma merkte es zwar, war aber im Alter von Heranwachsenden, und die halten es, wie jeder weiß, merkwürdig lange unter den Decken aus.

»Ich geh schon mal.«

»Mm.«

»Kommst du auch gleich?«

43

Das Liebesabenteuer geht seinem Ende zu. Zu Beginn der Woche vor Weihnachten sind sie jeden Tag beisammen. Draußen ist es kalt. Nur etwa vier Grad unter Null, aber der Ostwind macht die Kälte ein ganzes Stück bissiger, und in einigen Zimmern zieht es. Sie ist schon ein paar Tage am Packen. Auch wenn sie beisammensitzen, wenn Gemma das Feuer schürt und noch ein Holzscheit nachlegt, weiß Vincent, daß sie am Packen ist, und sieht die offenen Schranke und Schubladen. Das Elende am Abschiednehmen ist, daß man alles, was noch lebendig da ist, vorzeitig in seiner Erinnerung begraben muß. Dem einen gelingt das besser als dem anderen, und ab und zu verweigert sich jemand dem Adieu. Kein Ende, bloß nicht. Während Gemma sich überlegt, was noch auf die Liste muß, beginnt Vincent bereits mit der Geschichte einer heftigen Verliebtheit und spaziert in Gedanken mit ihr den Weg entlang zum Haus. Dicht neben ihm, etwas erzählend, scheint sie trotzdem unerträglich weit weg, und aus dem, was sie erzählt, wird man nicht schlau.

Einmal bügelt sie gerade ein Kleid, deutet mit der Stirn irgendwohin und sagt: »Das ist meine Schwester Quirine.«

»Wo?« Er sucht ohne großen Eifer die Wand neben dem Fenster ab, durch das wegen des Schnees auf den Rahmen das Licht sehr weiß hereinfällt.

»Da, links.«

»Ach ja.« Neben dem Vorhang entdeckt er das Porträtfoto der verstorbenen Schwester seiner Geliebten. Er faltet die Hände auf dem Rücken, schaut kurz mit mitfühlender Miene hin und dreht sich wieder zu Gemma um: »Schöne Frau.«

Gemma breitet den Rock auf dem Brett aus und fährt vorsichtig mit dem Bügeleisen vom Saum bis zu den Fältchen an der Taille. Es ist still. Sie riecht den Duft der warmen Seide. Hat sie, ganz zum Schluß, nun doch das Bedürfnis, ihn auf die erfreuliche, erschrekkende und etwas zu große Welt von Quirine und deren jüngerer Schwester zu weisen, die gleichsam versprochen hatte, ihr überallhin zu folgen? Man hatte noch am selben Tag Tisch und Stühle beiseite geschoben und sie in ihrem Sarg mitten ins Zimmer gestellt.

»Ja, wenn sie wollte, war sie schön«, sagte Gemma.

Weil es der Toten wegen kalt sein mußte, hatten sie die Heizung ausgedreht, und als Gemma morgens in aller Frühe nachschaute, waren Eisblumen auf dem Oberlicht.

»Nur wenn sie wollte?« murmelt Vincent ohne das Bedürfnis, auf das Thema einzugehen. Er hat das Foto schon wieder vergessen. Es ist zu spät, um sein Interesse, was Gemma betrifft, noch auf irgend etwas anderes auszudehnen als auf ihren bevorstehenden Abschied. Sie sind, weiß der Kuckuck, noch immer verliebt! Er sieht, wie sie das Kleid vom Bügelbrett nimmt und kurz betrachtet, ruhig, konzentriert, typisch sie, meint er, so wie er sie durch reinen Zufall kennengelernt hat.

Gilt Verliebtheit dem Andersartigen oder dem Fehlenden? Gemma hält das Kleidungsstück, das sie zu Weihnachten tragen will, ins milchige Licht, das sogar hier drinnen alles etwas blaß und matt macht. Auch sie denkt nicht mehr an ihre Schwester, die trotzdem wie ein kleines Rädchen in ihr steckt und dort alles mögliche bewegt. (Sie hatte nach ihrem Tod noch eine Reihe merkwürdiger Gesichter geschnitten. In einem bestimmten Moment war sie sogar häßlich. Da waren die Augen, wie bei Tieren, halb geöffnet gewesen, und der Mund hatte etwas Gemeines bekommen, das dort zu Lebzeiten nicht mal in den schwärzesten Stunden gewesen war. Während Gemma sich überlegt hatte, ob sie ihr vielleicht ein wenig Klebstoff auf die Wimpern träufeln sollte, mußte hinter ihr die Tür aufgegangen sein, denn plötzlich hörte sie die entsetzte Stimme ihres Vaters. »Meine schöne Tochter.« Kurz nach der Beerdigung wurde es noch kälter, und im Januar und Februar hatten die Kinder, die vom Ruigrokseslag aus in die Schule radelten, den Ostwind genau im Gesicht. Kam Gemma am Nachmittag nach Hause, war es still in der Scheune. Die Hektik bei den Blumenzwiebeln fängt erst im März an, wenn das Stroh abgedeckt wird und die zartgrünen Felder gespritzt werden. Sie sah die wenigen Arbeiter mit leeren Gesichtern am Werk und stellte sich vor, wie Quirine hier, ob sie wollte oder nicht, alles wachrüttelte.)

In dieser Nacht sind sie zusammen, ihrer letzten Nacht. Vincent, schon längst nicht mehr besorgt, was Noor denken könnte, ist mit einer Ausrede von zu Hause weggeblieben (die postoperative Versorgung eines Aras). Draußen ist es eisig kalt. Sogar im Haus riecht es nach gefrorenen Ästen. Von ihnen beiden ist Gemma schlechter dran. Sie läßt sich gehen. Sie umarmt ihn, küßt ihn unter Tränen, gibt sich verzweifelt der Liebe hin, und als ihr bewußt wird, daß sie sich zu zweit auf einer Ebene befinden, auf der alles stilliegt, findet sie sich heftig trauernd damit ab. Eng an ihn geschmiegt, das Heulen des Windes auffangend, beginnt sie, leise mitzuwimmern, offen, ungehemmt wie ein Kind, was sie hier durchmachen muß, ist ihr völlig unbegreiflich und zudem völlig unannehmbar. Sie schlafen beide nicht. Mitten in der Nacht, als sie kurz aus dem Zimmer gegangen ist, bringt der Anblick ihrer beiden Koffer, die in der Diele bereitstehen, sie wieder etwas zur Vernunft. Am späten Nachmittag werden ihre Kinder hier eintreffen.

Der Rest ist Nachspiel. Sie haben Abschied genommen. Jetzt bricht der Morgen an. Doch wie es vor einer Abreise so oft geschieht und in manchen Kulturen sogar vorgeschrieben ist, setzen auch sie sich noch für einen Augenblick hin. Vincent fragt sie, was sie mit den Tieren macht. Sie befinden sich in der Diele, sie auf der Deckenkiste, er auf einer Treppenstufe. Die kleinen Hunde, die genau wissen, was los ist, laufen ihnen in letzter Zeit in einem fort zwischen die Füße. Sie antwortet ihm nicht gleich, weil sie eine Haarklemme zwischen den Lippen hat. Während sie etwas an ihrer Frisur ordnet, erklärt sie ihm, daß sie jemanden hat, einen Nachbarjungen, der immer mit Vergnügen die Tiere versorgt, wenn hier niemand im Haus ist.

»Sieh dir das an«, sagt sie.

Vincent sieht den Papagei aus dem Nebenzimmer kommen, mit großen Schritten. Das Tier bleibt mitten in der Diele stehen, den Kopf nach unten gerichtet, und begibt sich dann zur Haustür, um sich dort am Pfosten hochzukrallen.

»Das macht er sonst morgens nie«, sagt sie. »Morgens ist er im Gegenteil immer ein bißchen träge.«

Dann sagt sie, daß sie noch gern einen Rat hätte für ihren Kater.

»Was ist mit ihm?«

»Er trinkt so viel.«

»Ja?«

»Gestern dachte ich schon, er hört gar nicht mehr auf.«

»Kann nervös bedingt sein. Kann auch auf etwas anderes hindeuten.«

»Und worauf?«

»Möglicherweise ein Nierenproblem. Das erleben wir vor allem bei solchen Katzen häufiger.«

»Ach. Und wie finde ich das raus?«

»Erst mal abwarten, würde ich sagen.«

Sie sehen einander leicht besorgt an.

»Wenn es so bleibt«, sagt Vincent, »dann solltest du mal eine Sonographie machen lassen.«

Gemma nicht. Vielleicht besser, denkt sie, das auf jeden Fall zu tun.

Der Randstreifen
(Ein Epilog)

44

Noor öffnet die Autotür, macht aber keine Anstalten einzusteigen. Hat sie Lust, noch etwas zu bleiben? Es ist hier heute auch äußerst angenehm. Welche Weite und welche Milde nach den rauhen Winter- und Frühlingsmonaten! Noor steht in einem gelben ärmellosen Kleid auf dem kleinen Parkplatz des Ruigrokseslag und scheint ein wenig zu zögern. Oder sollen wir sagen (weil zögern so dumm und unsicher klingt): zu zaudern? Noor schaut mit der Gemütsruhe eines Menschen, der alle Zeit der Welt hat, auf den Dünenweg, als sei sie nicht gerade auf ihm heraufgekeucht. Der Himmel ist blau, es weht kein Wind, die Sonne, die sich bereits auf ihren roten Endpunkt zubewegt, wirft brechende Schatten von ihr und dem Auto auf die kleine Mauer, neben der sie geparkt hat. Während sie einen Fuß hebt und den Sand aus der Schuhspitze schüttelt, murmelt sie: »Aber warum sollte ich schon gehen?« Und denkt (nach einem Blick auf ihre Armbanduhr): Sonja ist bei den Pfadfinderinnen, Vincent kommt gegen sieben nach Hause, Verabredungen habe ich nicht, es sei denn mit diesem unbestimmten Vergnügen einer spontanen Spazierfahrt entlang dem Meer.

Tatsächlich schlendert sie zurück und schlüpft auf dem Bretterweg schnell noch einmal aus den Schuhen. Es ist April. Der Strand liegt in Ruhe versunken da – eine Gruppe Reiter, hie und da ein Spaziergänger mit einem Hund –, hier hat die Saison noch lange nicht begonnen. Noor betrachtet mit liebevollem Blick den Horizont und findet, er stelle einen wundervollen Kontrast zu der Aufregung landeinwärts, hinter ihrem Rücken, dar, die bereits wieder voll eingesetzt hat. Sie glaubt, inmitten der Seeluft die Hyazinthen zu riechen. Ja. Unverkennbar, sie riecht die Pflanzen, welche sich, schwer von Farbe, gegenseitig auf Böden beiseite drängen, die sich den ganzen Winter über totgestellt haben. Kaum mehr vorstellbar. Auch kaum mehr feststellbar, wann nun genau auf diesen Böden der Umschlag kommt, jedesmal wieder, von blind zu blendend, von taub zu einer gewaltigen Hektik von Treckern, Harken, Jauchefässern, Lohnarbeitern und Autobussen voller Touristen (die eines unverstandenen, tausendfachen Glücks wegen die Augen ein wenig zukneifen). Dann wird im modernen Blumenzwiebelbetrieb ziemlich schnell geköpft, mit dem BOTMAN ist es heutzutage eine Sache von Tagen. Nur der Korso, der in derselben Woche stattfindet, prägt der Gegend dann zum letztenmal ein, wie es war, heftig wie ein Phantomschmerz, ein letztes Auferstehen der in voller Blüte geschnittenen Blumen.

Noor steht an dem Strandaufgang, wo die Gemeinde einen Trinkwasserhahn installiert hat. Sie drückt auf den Knopf und beugt sich vor. Während sie den Wasserstrahl schlürft, überlegt sie sich, daß man am Meer den Unterschied zwischen den Jahreszeiten kaum merkt. Ihr Winter war im übrigen prima gewesen, wirklich prima, doch nun war es Frühling, und im Frühling passieren die Dinge von neuem, als wären sie nie zuvor passiert. Sie richtet sich auf. Tropfen laufen über ihre Wange. Sie wischt sie mit der Hand ab und schaut dabei, als wolle sie sagen: »Stimmt's oder stimmt's nicht?«

Bleib doch noch ein bißchen. Schau, da kommt eine zweite Gruppe von Pferden vorbei. Und auf dem nassen Sand sitzen Möwen, und aus Richtung Bloemendaal nähert sich ein Jeep der Strandpolizei, und wenn du gut hinschaust, siehst du weit draußen auf dem Wasser einen Tanker, der, wenn du noch besser hinschaust, von ein paar anderen, bläulichen Schiffen Gesellschaft bekommt. Siehst du den jungen Mann, der jetzt langsam über den Dünensand heraufkommt, einen erschöpften Retriever an den Fersen? Der achtjährige Hund leidet an Hüftdysplasie, ist aber so taktvoll, das zu verbergen. Sein neunzehnjähriges Herrchen glaubt, ihm heute mit einem gut einstündigen Strandspaziergang eine Riesenfreude gemacht zu haben.

Sie sieht sie nicht. Weder der Hund noch der junge Mann fallen ihr auf. Trotzdem kommen sie wie in einem Traum unausweichlich näher, werden größer. Der junge Mann beugt sich nun dicht vor ihrer Nase zum Wasserhahn und legt die Hand auf den Knopf, Oberkörper entblößt, Hosenbeine hochgekrempelt. Sein Haar, flachsblond, fällt an seinem Gesicht herunter, reicht bis über Ohren und Nacken, wie man es gegenwärtig eigentlich nur noch bei Softies sieht, was aber einmal, und gewiß in einem Dorf, auf rebellische und poetische Weise provoziert hat. Eine Menge Wasser plätschert zu Boden, spritzt auf ihre Füße, sie merkt es nicht, füllt die Mulde im Sand. »Komm!« mahnt der Junge leise. »Na los.«

Der Hund beginnt zu schlabbern, und der junge Mann blickt von dem zuckenden Kopf durch Noor hindurch zum Hillman, dessen Ledersitze von der Sonne wohl glühend heiß sein dürften. Er hat noch eine Menge zu tun. Daheim wartet in der Scheune der Prunkwagen »Saskia« mit Formen, die bis ins letzte

Detail zunächst mit Drahtgeflecht verkleidet und dann mit Kunstmoos ausgestopft werden müssen. Erst ganz zuletzt kommen die Blumen.

Der Retriever starrt ihn mit triefendem Maul an.

»Genug? Kommst du mit?«

Sie gehen.

45

Er war so versessen gewesen auf den Trubel des Korsos. Und in diesem Jahr kam noch etwas hinzu: Laurens glaubte, am Vorabend seines Glücks zu stehen. Er war verliebt in sein Mädchen, ein sehr schönes Geschöpf mit weit auseinanderliegenden Augen, das ihn zu seinem Kummer noch immer auf unbegreifliche Distanz hielt. Saskia trug tief ausgeschnittene Pullis und geschlitzte Röcke. Reagierte er darauf, wie sie ja wohl erwarten konnte, dann begann sie, mit gelangweiltem oder suchendem Blick um sich zu schauen. Ende Februar packte er sie am Handgelenk und sagte, er werde sie, gekleidet wie eine Königin und verschmolzen mit dem Blumenangebot der Firma van Rijn, durch die ganze Gegend fahren. Das Mädchen, das sich zu verkleiden liebte und in Den Haag einen Abendkurs zum

Mannequin besuchte, versprach sofort, nach dem Fest bei ihm zu übernachten. Sie versprach auch, am darauffolgenden Tag mit ihm im Hillman nach Paris zu fahren.

Er ließ als erstes den Hund ins Auto. Das Tier sprang auf den Vordersitz und nahm dort, wie immer, mit interessiertem Blick Platz. Laurens ging ums Auto herum. Weil die Tür auf der Fahrerseite mit einer Schnur zugebunden war, stieg er über das heruntergelassene Wagenfenster und ließ sich fallen. Das Auto war übrigens bestens in Schuß. Später sollte sich herausstellen, daß mit Ausnahme des linken Türschlosses alles über Erwarten gut funktionierte und daß sich der Unfall keineswegs auf einen technischen Mangel am Fahrzeug zurückführen ließ. Das Unfallprotokoll nannte als erstes den Faktor Geschwindigkeit. Der junge Mann hatte auf dem geraden Stück ziemlich knapp überholt, wahrscheinlich bereits Gas gebend, als ein entgegenkommendes Fahrzeug noch nicht ganz vorbei war, was an sich bedenkenlos möglich war. Das Ergebnis der Zeugenaussagen legte ferner den Schluß nahe, das Opfer habe nach dem Überholen ziemlich spät, nämlich erst in der S-Kurve, hart gebremst, um Abstand zu dem vor ihm fahrenden Hindernis zu halten: einem Sattelzug, der im Schneckentempo gefällte Baumstämme transportierte, von denen einige mehrere Meter nach hinten überstanden. Die Gutachter haben erklärt, daß die Bremsen in Ordnung waren.

Das war nicht verwunderlich. Laurens gehörte zu dem Typ junger Autofahrer, der gern fährt, aber genauso gern bastelt. Der Hillman, der von einem Automarkt stammte, war mit neuen Kolbenringen und einer überholten Kupplung in deutlich besserem Zustand als beim Kauf. Laurens legte mit einer Z-Bewegung seitlich am Lenkrad, wie man das damals machte, den Rückwärtsgang ein und schlug scharf links ein, wobei der Hund, um das Gleichgewicht zu halten, den Körper zur anderen Seite neigte. Es war Essenszeit weit und breit. Er schob sein Oberhemd in die Hose und fuhr vom Parkplatz. In Gedanken bei den Kunstmoospaketen, die in der Scheune bereitstanden, schätzte er, wieviel Zeit es ihn und die Knechte kosten würde, diesen Teil der Arbeit fertig zu kriegen. Höchstens zwei Tage, rechnete er aus, während er die über die Dune hinunterführende Straße entlangschaute. Es war eine Stunde großer Verzauberung, Ruhe und bereits dunkler werdender Farben und Laute. Laurens legte den Ellbogen auf die Autotür und warf einen Blick in den Spiegel.

46

Ja, sie geht auch. Ohne sich noch einmal umzusehen, überquert sie den kleinen Platz. So wie sie da geht, hat ihre Gestalt etwas von einem Model für irgendeine Werbung: lange, gerade abgeschnittene Haare (Shampoo), schlanke Knöchel (Schuhe), Finger, die mit ein paar Schlüsseln an einem Ring spielen (schnelle Autos). Sie seufzt unbekümmert, man kann ihr ansehen, daß sie sehr mild gestimmt ist.

Noor. Das ist sie. Wie oft ist ihr Name in der Geschichte bereits gefallen. Sollen wir, die wir sie auf diesen letzten Seiten umgeben, unsere Finger in Zaum halten oder doch noch ein paar Striche anbringen? Wir wissen, daß eine problemlose Zeit hinter ihr liegt. Problemlos, wenn auch nicht ohne Taten. Im vergangenen Sommer bekam sie einen Rappel und hat das ganze Haus auf den Kopf gestellt, einige Möbel mußten raus, andere wurden aus einem Auktionskatalog bestellt und, nachdem sie, auseinandergenommen, mitsamt der dazugehörigen Schrauben angeliefert waren, von ihr und Diamantina de Fatima zusammengebaut. Vincent war in dieser Zeit ziemlich aushäusig. Ab und an fragte sie ihn, wo er hinfahre, doch aus irgendeinem Grund war ihre Gemütsruhe nicht auf seine Erklärungen eingestellt, und sie hörte eher freundlich denn aufmerksam dem zu, was er über sein Tun und Treiben zu erzählen bereit war. Im September begann, wie in jedem Jahr, ihr Theaterabonnement, nur ein einziges Mal kamen sie dazu, ihre Karten, anstatt sie zu verschenken, selbst zu nutzen, woraufhin Vincent, sobald die Lichter im Saal erloschen, eindöste und sie die Handlung für sie beide besonders hingebungsvoll verfolgte. Als sie, plaudernd, spät nach Hause kamen, fanden sie zuerst, der Farbgeruch sei schlichtweg nicht zu ertragen und schlage einem auf die Augen, doch wenige Minuten später (sie Portwein, er Whisky) merkten sie es nicht mehr, das Holz im Erdgeschoß wurde gestrichen. Der Winter setzte früh ein. Es war wie ein Rausch, die schneidende Kälte rund ums Haus zu spüren, was macht es schon, dachte Noor, schneidende Kälte, was etwas ausmachte, war, daß sie, wenn sie ans Fenster trat, die Gardine zurückschob und sich vorstellte, das Dorf liege wie ein Schiff in der weißen Fläche verankert, daß sie dann dachte: wie wunderschön! Nein, Vincent war in die Klinik gefahren und hatte gesagt, sie solle nicht auf ihn warten. Das hatte sie auch nicht vor. Noch einen oder zwei Tage, und sie würde zusammen mit ihm eine ziemlich verrückte Operation an einer Landschildkröte mit einem gebrochenen Bein vornehmen, das sie so geschickt zu schienen verstanden, daß das Tier während des Heilungsprozesses das Bein wie gewohnt unter den Schild ziehen konnte. Sie sahen sich unter der grellen Lampe an: gut hingekriegt, nicht? Also, nehmen wir einmal an, daß Noor ein paar alte Gefühle wie durch ein Wunder abhanden gekommen waren, dann war dies so ein Moment, in dem die Kaltblütigkeit ihres Herzens sie mit einem schwindelerregenden Glücksgefühl überkam. An Silvester lief die Katze weg. Gewiß, das geschah, als gegen halb zwölf die ersten Feuerwerkskörper losgingen. Sonja entdeckte das Tier nach stundenlanger Suche in der Dachrinne, wo es zwischen alten Baumblättern hockte und lauschte. In der näheren Umgebung knallte es immer noch von Zeit zu Zeit. Vincent beugte sich daraufhin im Pulvergeruch aus dem Dachfenster. Die Katze hob den Kopf, Augen aus Glas, man konnte sehen, daß sie sich für einen Sprung spannte. Und hinter der Dachrinne ragte das Dach auf, und hinter dem Dach lag ein anderes Dach, Fassaden und Straßen drängten sich in der ungeordneten Nacht, um sich im Gefolge von Donner und Feuer schon bald jeglicher Erinnerung zu entziehen. Oh, pack sie! zischten Sonja und Noor, und Vincent antwortete: Ja, klar! Er stieg hinter dem Dachgesims in die wackelige Rinne, machte ein paar Schritte, sah, wie der Schwanz der Katze in die Höhe ging, und ließ blitzschnell die

Hand fallen. »Oh, was für eine Erleichterung!« sagte Noor, als sie alle wieder unten waren, zu Vincent. »Was für eine riesige Erleichterung!« Sie sah ihn sehr ernst an, unterdrückte das Beben ihrer Lippen und entschuldigte sich. Schließlich war es der letzte Tag des Jahres.

Dann, ja, war dann noch etwas? Vielleicht dies. Im Januar und Februar fiel ihr gelegentlich auf, daß Vincent so pünktlich von der Arbeit nach Hause kam und abends nicht mehr ins Institut für Haustiermedizin zurückmußte. Manchmal beklagte er sich darüber, daß er daheim seine Sachen nicht mehr finden könne oder daß sich die breiten, flachen, nach Holzwurm riechenden Schubladen des Schreibtisches so schwer aufziehen ließen.

47

Daß der Wagen trotz funktionierender Bremsen weiterschoß, kam vom Sand auf dem Randstreifen. In den letzten Tagen war es trocken gewesen, aber es hatte ziemlich viel Wind gegeben, der den feinen weißen Sand vom Rand auf die Straße blies. Er hatte den Lastzug schon beim Hinunterfahren in etwa einem Kilometer Abstand vor sich fahren sehen. Er hatte auch den

Verkehr dahinter gesehen und automatisch verfolgt, wie einer nach dem anderen den Baumtransport überholte. Ohne an etwas Besonderes zu denken, nur ein wenig hungrig, fuhr er zwischen den Feldern dahin, die im letzten Sonnenlicht sehr grell aufflammten. An manchen Stellen waren bereits grüne Flächen entstanden, und dort erhoben sich kleine Hügel aus geköpften und abgestreiften Blumen. An der Kreuzung fädelte sich ein Mercedes in den Verkehr ein, aus Richtung *Binnen* kam ein Toyota, er überholte, nachdem der Toyota vorbeigeschossen war, mit Vollgas den Mercedes, drosselte die Geschwindigkeit und fuhr leicht bremsend in die S-Kurve. Als er wegen des doch sehr langsam fahrenden Lastzugs vor ihm wieder auf die Bremse trat, schossen die Räder auf dem Sand weiter. Zeit, um Angst zu empfinden, hat er wahrscheinlich nicht gehabt. Es heißt, Menschen in Todesgefahr hätten oft ein alles verzerrendes und fast kühles Wahrnehmungsvermögen. Weil niemand Erfahrung mit den letzten Augenblicken hat, herrscht, wie es scheint, ein Gefühl der Verwunderung vor. Er packte das Lenkrad und drehte es in einem Reflex weit nach rechts. Doch alles vollzog sich bereits. Wenn ein Fahrzeug von der Straße abkommt, beschleunigt es sich in den ersten Sekunden noch mehr, wie ein Schiff auf einer Welle. Der Aufprall war hart. Der Baum, der hinten über die

Ladefläche des Lastzugs ragte, schlug die Windschutzscheibe heraus, verfehlte den Hund, aber traf den Fahrer.

48

Sie drückt mit beiden Zeigefingern gleichzeitig auf die Schalter, um die Seitenfenster herunterzulassen, es ist warm da drinnen. Sie startet und fährt in einer Schleife am Strandaufgang vorbei zur Straße, die hier, am Meer, ziemlich abschüssig ist und einen weiten Blick auf die Umgebung ermöglicht. Bald merkt sie, daß trotz der Essenszeit noch viel los ist. Ein Trecker rast mit einem Wagen hinter sich auf einen Wassergraben zu und schwenkt dann zur Seite; drei Männer treten nebeneinander in die Furchen zwischen den roten Blumenbeeten, sie halten die Köpfe gesenkt, als suchten sie etwas; hinter der Kurve, auf dem ersten geraden Stück, stehen an einem kleinen Verkaufsstand zwei Frauen neben einer reglosen Fahne und schauen auf die Eimer voller Blumen. Noor dreht eines der Belüftungsgitter so, daß die kalte Luft an ihrem Hals entlangstreicht. Ist dies der Moment, um ihr Lebewohl zu sagen? Sie, zwischen zwei Herzschlägen, zum letztenmal anzuschauen? Wir können ihr schließlich nicht bis in alle Ewigkeit folgen. Als sie sich der Kreuzung nähert, kommen sowohl aus Richtung Noordwijk als auch von Haarlem ein paar Fahrzeuge. Sie wirft einen flüchtigen Blick dorthin und verringert auch ihre Geschwindigkeit, doch *sie* hat Vorfahrt und setzt daher ihren Weg fort. Während Noor sich schon überlegt, was sie gleich kochen wird, fährt sie zwischen den Feldern, die im letzten Sonnenlicht sehr grell aufflammen.

Oh, sei vorsichtig.